UNE LÉGENDE CHRÉTIENNE

UNE LÉGENDE CHRÉTIENNE

Charles DEMASSIEUX

© Éditions Hélène Jacob, 2013. Collection *Mystère/Enquête*. Tous droits réservés.

ISBN : 978-2-37011-003-9

Editions Hélène Jacob – 13 Impasse Victor Gesta – 31200 Toulouse

Imprimé par Create Space – États-Unis

13,90 €

Dépôt Légal Septembre 2013

Design couverture : Jérémy Calli

À mon fils, Maxence, qu'il sache que je suis là.
À Laurence Marini pour son attentive et affectueuse
lecture, et pour beaucoup d'autres choses encore.
Je dédie enfin cette légende à la Bretagne et la Normandie.

« En me retraçant ces détails, j'en suis à me demander
s'ils sont réels, ou bien si je les ai rêvés. »

Umberto Eco – Le Nom de la rose

Avant-propos

Ce récit est pour le meilleur une bonne histoire ; pour le pire, une mauvaise fiction. Il n'a aucune autre prétention.

Il serait donc vain d'y déceler des « erreurs », étant entendu que je n'ai aucune prétention à écrire l'Histoire. Je joue juste plus ou moins innocemment avec elle !

Aussi, contentez-vous de me lire pour vous distraire ou vous ennuyer, c'est votre droit imprescriptible de lecteur.

L'auteur

Chapitre 1 – *Massacre de l'innocent*

Le sol était détrempé ; il avait plu toute la journée. Avec la chaleur du début de soirée, une atmosphère moite, à l'odeur de feuilles décomposées, imprégnait désagréablement les vêtements. C'était un temps inattendu pour une fin de septembre. Le parc du château fermait ses grilles sur les retardataires. En face, la forêt, sous un soleil mourant, prenait une inquiétante allure pour la nuit. Et l'antique domaine des Condé retrouvait le calme nécessaire pour se régénérer. Il n'y aurait pas de nuisance à craindre du côté de l'hippodrome, ce soir : aucune course prévue de ce côté-là. Les dernières voitures du parking visiteurs démarrèrent enfin dans la pénombre. De l'autre côté de la porte Saint-Denis, au bout d'une route pavée qui marquait une nette séparation entre le château et la ville, restaurants et cafés se préparaient à accueillir la clientèle du soir.

Carole-Anne de Saint-Gabriel, jeune conservatrice fraîchement diplômée, nommée assistante du conservateur en chef du domaine de Chantilly, traînait dans la Galerie des Peintures et la Rotonde où, parmi quelques toiles majeures, était exposé le portrait de Simonetta Vespucci, peint par Piero di Cosimo en 1480. On disait de Simonetta qu'elle était la plus belle femme de Florence – autant dire de l'Europe – et que jamais avant ni après elle il ne s'en rencontra de pareille. À l'heure où le calme régnait dans les salles du musée Condé, Carole-Anne promenait souvent ses yeux éblouis sur les toiles accrochées aux murs dans une confusion chronologique voulue par leur acquéreur et dernier propriétaire des lieux, le duc d'Aumale. En faisant don de ses biens inestimables à l'Institut de France, il avait demandé expressément qu'on laissât les œuvres telles qu'il les avait disposées, avec l'interdiction de les sortir du château.

Mal desservi, contrairement à Versailles, et longtemps éclipsé par son bruyant voisin, l'hippodrome, le domaine de Chantilly, malgré des manifestations ponctuelles d'envergure (feux d'artifice luxuriants, concerts remarquables, tournages cinématographiques de renom, etc.) connaissait un relatif anonymat. Étonnant, quand on savait qu'il renfermait la seconde collection de peintures classiques du pays, après le Louvre, bien entendu. Depuis quelques années, grâce à des bonnes volontés, il retrouvait la lumière du temps où Louis XIV y était reçu en grande pompe par Louis II de Bourbon, prince de Condé, autrefois frondeur et adversaire du jeune roi, qui lui avait pardonné depuis.

L'assistante s'arrêta net devant une œuvre de Nicolas Poussin que certains spécialistes du peintre considéraient avec raison comme le sommet de son art : *Le massacre des Innocents*, relatant un dramatique épisode de la vie de Jésus. Le roi Hérode, averti par les mages qu'un nouveau-né serait un jour roi des Juifs, commanda la mise à mort de tous les bébés mâles de moins de deux ans, provoquant la fuite en Égypte de la Sainte Famille, c'est-à-dire Joseph, Marie et Jésus, l'enfant recherché. Le peintre avait traité le sujet dans un décor minimaliste, avec des couleurs presque délavées et une intensité dramatique d'un réalisme dérangeant.

Carole-Anne était irrésistiblement attirée par cette scène, étourdie par sa sublime cruauté. Elle oscillait entre répulsion et attirance, à la vue du tableau. L'artiste, pour donner plus de force à cette tragédie biblique, s'était focalisé sur un drame intime parmi l'horreur collective du massacre : un soldat retenait de sa main une mère, effarée qu'il s'apprêtât à trancher son enfant avec un glaive, écrasant sa poitrine du pied. Au second plan, il y avait une autre femme égarée par la folie, ce qui ne laissait pas de doute au spectateur : son fils avait été assassiné.

— Après un long voyage de plus de deux siècles, cette terrible et non moins étourdissante peinture de Nicolas Poussin a définitivement rejoint les collections du château dans les années 1880. Elle fascinait Picasso. Il s'en est beaucoup inspiré pour sa période méditerranéenne, jusque dans *Guernica*, où on retrouve le motif de la femme du second plan. Cette toile n'est ni un cri de rage, ni de haine : c'est un cri de vie qui supplie la mort de ne pas l'embrasser. Mais tu dois déjà savoir tout ça, jeune fille !

Carole-Anne se retourna : c'était Théodore Radot, le conservateur en chef. D'une cinquantaine d'années, la chevelure grise et abondante, l'allure aussi décontractée qu'impeccable, un corps haut et fin, tel était l'homme venu surprendre son ancienne étudiante en histoire de l'art. Il était l'auteur de plusieurs biographies de peintres, d'articles, et même d'un best-seller, *Art, sexe, un mariage heureux*, dans lequel il recensait et commentait à peu près toutes les œuvres qui s'étaient frottées à la bagatelle en Occident, sur un ton anecdotique qui contribuait à la saine désacralisation d'œuvres *panthéonisées* par des spécialistes ennuyeux. Théodore Radot était effectivement plaisant, enthousiaste et séducteur, malgré les épreuves de la vie qu'il avait dû supporter.

Depuis la mort de son épouse, des suites d'un accident automobile quinze ans auparavant, il était resté à peu près seul. Une femme, pourtant, dont il sera question plus tard, faillit réussir à le rendre à la vie de couple. Mais il s'était rétracté, craignant de bafouer la mémoire de la défunte encore très présente en lui. Il avait élevé seul une fille âgée de neuf ans à la mort de sa mère. La fille en question, Mathilde, partageait la vie de Carole-Anne. Mathilde était une hyperactive extravertie, contrairement à Carole-Anne, plus effacée et studieuse. Toutes deux se complétaient depuis les bancs de l'école maternelle, et ni l'adolescence ni l'âge adulte n'avaient altéré ces dispositions prises de ne jamais se séparer, malgré quelques écarts çà et là. Carole-Anne avait soutenu Mathilde à la mort de sa mère. De là s'étaient forgés des liens indéfectibles qui, avec le temps et la charge affective, se muèrent en amour. Ces deux-là ne pouvaient être loin l'une de l'autre plus d'une semaine et se réservaient des secrets connus de nul autre.

— Monsieur.

— Mathilde et toi vous vous connaissez depuis presque vingt ans, si je ne m'abuse, et vous partagez tout. Pourtant, j'ai encore droit à ce « Monsieur » tellement austère et distant !

— Il est plein de tendresse, ce « Monsieur ».

— Je le sais, en effet, ma belle. Enfin, un petit « Théodore » de temps en temps ne me déplairait pas. Alors, impressionnée par notre innocent potelé sur le point de se faire écharper ?

— Je ne saurais dire pourquoi, mais cette œuvre m'attire malgré ma volonté. À chaque fois que je passe de ce côté de la galerie, j'essaie de l'éviter : impossible. Elle me donne le vertige.

— Le vertige, c'est l'attirance du vide. Tu te frottes à la « sublime horreur » de ce spectacle qui défie les lois de la morale humaine telle que toi et moi nous nous la représentons : un homme s'apprêtant à massacrer un nourrisson. Rappelle-toi la *Méduse* du Caravage, aux Offices, à Florence. Eh bien, elle exprime encore plus manifestement, à mon sens, cette attirance abyssale dont tu me parles : ce goût que nous avons pour la terreur, d'autant plus lorsque celle-ci a une valeur esthétique exceptionnelle. As-tu lu *Les larmes d'Éros* de Georges Bataille ?

— Non.

— Fais-le. Tu comprendras que la dualité de l'homme se joue entre amour et mort, entre Éros et Thanatos, respectivement, comme tu ne l'ignores pas, dieu de l'amour et incarnation de la mort. Mais quel monstre je suis, à m'abattre sur une aussi délicate personne avec mon cortège de macabres considérations ! As-tu faim, Carole-Anne ?

— J'avoue que oui. Il est sept heures. Quant à vos considérations, elles m'enrichissent toujours. Ce n'est pas un hasard si j'ai choisi les Beaux-Arts ! Depuis gamine, vous m'avez abreuvée de vos connaissances.

— Flatteuse ! Allons, viens aux *Cuisines* : ils m'ont mis de côté un plateau beaucoup trop garni pour moi. Je dois surveiller mon régime : coquetterie de bonhomme vieillissant !

Les *Cuisines de Vatel* étaient délectables jusque dans leur nom. À lui seul, il évoquait un mythe de la gastronomie française. Vatel, maître d'hôtel du Grand Condé après avoir été celui du malheureux surintendant des finances Fouquet, était un perfectionniste obsessionnel. Perfectionniste qui, un certain jour de 1671, au cours d'une réception en l'honneur de Louis XIV à Chantilly, se donna la mort suite à une série de dysfonctionnements dans la préparation des festivités. Le jeune souverain venait de lui offrir de le servir à Versailles. Destin brisé, comme il en fut d'autres, sa légende se répandit alors par-delà la tombe.

Carole-Anne dégustait une terrine d'asperges pendant que Radot avalait sa vingt-cinquième huître ! Ils devisaient sur l'ouverture du nouveau musée d'art contemporain dans une des dépendances du domaine ; une collection impressionnante, constituée en un temps record grâce aux réserves des musées nationaux et de quelques remarquables dons. Elle se voulait « la perpétuation de l'entreprise mirifique du duc d'Aumale, aussi grand soldat qu'amateur d'art émérite, dont cette adjonction d'œuvres contemporaines lui sera un hommage, sinon digne de lui, perpétuant sa volonté de collectionneur inégalable ! ».

À l'ouverture dudit musée, le maire assena au parterre d'invités cette diatribe indigeste et qui promettait d'être très longue, jusqu'à ce que, non sans humour, Radot lui coupe la parole en ces termes : « Oui, c'est très bien de remiser ces curiosités contemporaines dans les dépendances : les *Trois Grâces* de Raphaël se seraient certainement rhabillées à la vue d'un Pollock sans savoir-vivre ! » Et l'assistance de rire aux éclats, ministre de la Culture compris… pas le maire, dont l'emphase fut outrageusement interrompue par l'intervention inopinée du conservateur.

Cette boutade ne visait rien moins que déstabiliser l'élu, cordialement méprisé depuis toujours par Radot. Car, s'agissant de Pollock, il avait déjà démontré son intérêt pour l'artiste américain dans un article où il expliquait avec enthousiasme qu'à l'instar des astronomes découvrant de nouvelles galaxies, l'artiste avait exploré une région inconnue de l'univers de la peinture. La plaisanterie en question eut toutefois l'effet escompté : Ursule Lecarton le haït durablement.

Carole-Anne entamait une troisième bouchée de tarte aux fraises, son dessert favori, quand surgit Nestor, grand échassier de trente ans, attaché à la surveillance nocturne du musée. Il suffoquait, incapable d'articuler le moindre mot, au point que Radot lui tendit un verre d'eau qu'il engloutit d'une traite :

— Contez-nous votre émoi, Nestor ?

— Monsieur Radot…

— Lui-même mon ami ! Alors, que se passe-t-il : on a dérobé la *Joconde* ? On s'en fiche : elle n'est pas chez nous !

— … Il y a un cadavre dans la salle des Clouet.

— … J'arrive.

— Attendez ! Monsieur, c'est… atroce ! Proprement atroce !

— Expliquez-vous.

— Un enfant.

Il y a des assemblages de mots qui investissent l'esprit d'une colère impuissante. « Cadavre » suivi d'« enfant » est une association hideuse. Carole-Anne frissonna comme une potentielle mère et Radot devint impénétrable, comme autrefois à la morgue, devant le corps brisé de sa femme accidentée. On avait immédiatement appelé la gendarmerie, comme le voulait la procédure. Des émissaires de l'Intérieur, prévenus à leur tour, étaient aussi en route. Bientôt, le bâtiment grouillerait d'enquêteurs et de spécialistes en tout genre. Le maire ne tarderait pas à arriver (il venait d'être réveillé chez lui) ; le ministre de l'Intérieur, blême, avait ordonné : « Bloquez toutes les issues, fouillez partout et soyez discrets : c'est un merdier ! » Le Président venait d'être informé de la situation qui, au vu des éléments connus, réclamait la plus grande discrétion.

Tout ceci se passa en moins de vingt minutes, pendant que Nestor courait chercher son responsable. La sonnerie d'un cellulaire interrompit son rapide compte rendu :

— Théodore Radot à l'appareil.

— Alain Sartet, cabinet du ministre de l'Intérieur.

— Je vous écoute.

— Radot, je viens de parler au maire : c'est un crétin aux dents longues qui veut rameuter les medias pour se gonfler d'une importance qu'il n'aura jamais, malgré l'interdiction expresse du ministre. J'ai entendu dire que vous ne vous aimiez pas tous les deux : ça m'arrange. Je n'en veux pas sur les lieux. Je suis dans un hélicoptère et je ne vais pas tarder à arriver pour prendre la relève. Le ministre suivra. Maintenant, faites ce que je vous dis : si vous n'êtes pas seul, isolez-vous.

— … C'est fait.

— Parfait. Écoutez-moi attentivement. Ce que je vais vous révéler est seulement connu d'une poignée de personnes. L'employé qui a joint les services de police leur a livré un détail qui a mis en branle les services de l'État, jusqu'au Président lui-même. Je m'explique : il a fait mention d'une lettre posée près du corps de la victime ; une lettre qu'il a décrite avec précision. Assez pour qu'on lui demande de photographier la scène du crime et envoyer le cliché, que j'ai en ce moment sous les yeux. Sur l'enveloppe, il y a un sceau. Toute la chrétienté le connaît ce sceau : c'est celui du Vatican ; vous saisissez la situation à présent ?

— Les deux clés croisées de saint Pierre : en or et en argent, pour les pouvoirs spirituel et temporel de l'Église ; au-dessus, la tiare papale et ses trois couronnes, pour le pasteur, le docteur et le sacerdoce suprême de l'Église ; l'ensemble sur fond rouge. C'est ça ?

— Exactement.

— Fâcheux, vraiment fâcheux, en effet. Je vous attends, car tout ça me dépasse.

— À tout de suite.

Sartet raccrocha et Radot revint près de Carole-Anne et Nestor.

— Carole-Anne, tu vas te poster devant les grilles et tout ce qui ressemble de près ou de loin à la mairie sera *persona non grata*. Nestor, accompagnez-la et demandez à Ludovic de rester près d'elle : son mètre quatre-vingt-dix-neuf et sa régulière pratique du sport seront dissuasifs, même avec les roquets de la mairie ! Moi je vais où vous savez.

En remontant l'allée, le conservateur passa sous l'orgueilleuse statue équestre du connétable Anne de Montmorency, l'épée à la main, qui semblait garder l'entrée du château. Hélas, le grand seigneur et ami de François Ier avait laissé s'introduire un indésirable particulièrement meurtrier ! À l'entrée, entre les copies des deux esclaves de Michel-Ange, désormais au Louvre, le conservateur entendit les premières sirènes ; on leur ouvrit les grilles : des véhicules s'engouffrèrent à vive allure. Tous les occupants descendirent ensuite promptement devant l'entrée principale du château : enquêteurs, police scientifique, médecin légiste, etc., la cohorte nécessaire dans ces sortes d'affaires. Le conseiller de l'Intérieur, Alain Sartet, qui venait d'atterrir sur l'hippodrome en face, ne tarda pas à rejoindre cette insolite équipée. Il se présenta à Radot. Les autres suivirent Nestor jusqu'à la salle des Clouet.

— Le ministre veut un maximum de discrétion : l'Élysée est en train de perdre le peu de cheveux qui lui restent. Nous ne pourrons évidemment pas empêcher les fuites ; à nous de les limiter à un mince filet. Vous m'avez compris ? Les complications seront assez nombreuses sur le plan diplomatique pour ne pas en rajouter.

— Je crois saisir la tonalité de tout ceci : affaire d'État ?

— Vous imaginez à présent les retombées si on entendait parler d'un lien entre ce meurtre et le Vatican. À une époque où les croyances sont de véritables poudrières, impliquer le Vatican c'est impliquer Dieu : nous devons avancer avec prudence. Et la ferveur catholique du Président n'arrangera rien, vous pouvez me croire. On marche sur des œufs. Espérons que la lettre soit la « signature » d'un tueur isolé et que nous pourrons tous rentrer chez nous avant l'aube.

— Quant à la discrétion, rassurez-vous, je pourrai contenir mes employés : ils me sont assez dévoués. Et vous, vous répondez des vôtres ?

— Ils sont de chez nous. Cellule particulière pour les problèmes « délicats ». Pas de risque de ce côté. Mes hommes sont sûrement en train de briefer la gendarmerie et le procureur est en communication avec le Président.

— Vous me confiez de bien lourds secrets. À quoi dois-je cette confiance ?

— « S'il voyait Dieu, il devinerait la recette de fabrication de l'univers juste en l'observant, sans poser de questions. C'est un esprit aussi fin qu'incisif. » Dixit le ministre de la Culture, il y a moins d'une heure. Donc, inutile de faire des cachotteries : vous aviez deviné l'essentiel.

— Chouette, ma hiérarchie m'adore ! Si nous y allions. Je veux savoir à quoi m'en tenir.

— Rien de très beau, d'après la photo.

Radot entraîna Sartet, la quarantaine, une mise impersonnelle de vieux garçon qu'une carrure ferme contrebalançait. Plus bas, à la grille du parc, un personnage excentrique et agité hurlait des ordres que nul n'exécutait, à sa grande fureur : le maire Lecarton. Il promettait les plaies d'Égypte à tous les contrevenants. Pressentant, par un don divinatoire propre aux élus, que l'ordre venait de plus « haut » que lui et que l'affaire était d'importance majeure, il épancha ensuite sa frustration de ne pas en être sur ses malheureux collaborateurs, stoïques, habitués à l'humeur irascible de leur supérieur omnipotent. Il piaffait, pointant du doigt, invectivant, comme du temps où il était un magistrat tyrannique, exerçant sa férocité sur des enfants sans armes pour lui résister… ses proies favorites. À l'époque, il ressemblait déjà à un certain venimeux ministre de la propagande. Rien n'y fit : on ne voulait pas de lui sur les lieux, quoiqu'il appartînt à la même famille politique que le chef de l'État, auquel il promettait en braillant d'écrire « une lettre bien sentie » !

À l'intérieur, négligeant pour la première fois de regarder ces œuvres qu'il affectionnait immodérément, Radot accusa une anxiété d'élève en haut du grand plongeoir. Il arriva tremblant sur les lieux. La salle des Clouet, recouverte de petits portraits des Valois, réalisés de main de maître par le père et le fils Clouet, exposait un contraste extrême : le beau se frottait au monstrueux, la grâce à l'abjection. Au pied d'un des quatre murs, sous le visage affecté du jeune Charles IX, un autre enfant – les traits réguliers, la peau légèrement mate, une chevelure mi-longue de rebelle vendéen – gisait. Au-dessus du buste, c'était supportable ; en dessous, une insoutenable leçon d'anatomie à ciel ouvert. Un travail méticuleux et « propre » : pas une goutte de sang alentour. Le pire résidait dans un détail au cynisme éprouvant : un ourson en peluche tenait entre ses pattes une lettre. Après avoir chassé les monstres imaginaires de la chambre de l'enfant, le « doudou » – de multiples raccommodages maternels attestaient cette fonction – était devenu malgré lui le messager de son assassin ; un monstre réel, celui-là. Un enquêteur s'approcha de Sartet :

— On a l'identité, Monsieur : Fernando Garcia, cinq ans ; habite au 30, rue des Tanneurs, Saint-Laurent-sur-Oise. Il y avait un papier avec son adresse et un numéro de téléphone.

— Faites une analyse graphologique, mais c'est sûrement la mère qui l'a écrite au cas où le gamin se perdrait.

— Pour le numéro, c'est le sien : elle a appelé la police pour signaler la disparition de son fils il y a plusieurs heures. C'est même passé à la télé, rapport au plan « Alerte enlèvement ». Le gamin qu'ils recherchent, c'est le nôtre.

— Pauvre femme. Envoyez une voiture et ramenez-la ici. Surtout pas un mot.

— Oui, Monsieur.

Sartet s'isola pour téléphoner et prendre ses ordres, qu'il répercuta ensuite avant de retourner dans la pièce du crime qui sentait déjà le deuil.

— Radot, j'ai besoin d'une pièce à l'écart. Le ministre arrive, il veut s'entretenir avec la mère quand elle sera là.

— Il n'aura qu'à prendre mon bureau.

— Parfait. Bon, elle arrive cette foutue lettre ?!

— Les analyses seront bientôt finies, s'empressa de répondre un second enquêteur.

— Dépêchez-vous, les gars : le ministre se pointe et l'Élysée veut un compte rendu détaillé !

— Monsieur le Conseiller…

— Quoi encore ?!

— Je peux vous parler ? interrogea un troisième enquêteur.

— Allez-y mon vieux, parlez ; on est tous dans le même bain ici ! Monsieur Radot en a déjà vu assez, pas la peine de faire des manières !

— D'après le médecin légiste, la victime a été partiellement anesthésiée et… dépecée vivante.

Le va-et-vient cessa. On aurait dit que la Gorgone Méduse les avait tous pétrifiés. Les portraits parurent aussi se figer dans l'accablement, dont certains avaient pourtant un palmarès remarquable en matière de crimes. À ce moment, Carole-Anne, ayant échappé à la vigilance de tous, entra avant que Radot ait pu l'en empêcher. Apercevant le corps de la victime, elle s'évanouit. On la transporta dans les appartements de Radot, installés dans le grand bâtiment classique baptisé « Le château d'Enghien », où logeaient quelques membres du personnel et de l'Institut de France. Passée la stupeur, chacun reprit son travail en silence. Sartet sortit un instant pour accueillir son supérieur, le ministre de l'Intérieur, auquel il fit un compte rendu complet. Le contenu de la lettre put enfin être révélé. On adressa une copie en haute définition aux autorités vaticanes, prévenues de l'affaire : enveloppe, lettre et cachet étaient authentiques, confirmèrent-ils. Il y eut ensuite une réunion de crise dans le bureau du conservateur, parti entre-temps accompagner Carole-Anne :

— La consigne du chef de l'État est on ne peut plus claire : « Pas un mot. » Il s'agit d'une affaire qui dépasse le cadre strict d'une enquête criminelle ; elle engage un État virtuellement à la tête de plus d'un milliard d'âmes, qui prend ses ordres de tout en haut, si vous voyez ce que je veux dire. Aussi, rien ne doit sortir d'ici. Me suis-je bien fait comprendre ?

L'assemblée consentit sans objections.

— Poursuivez vos investigations ; je ne vous retiens plus.

Ladite assemblée improvisée pour écouter les recommandations du ministre de l'Intérieur s'éparpilla. Il demanda ensuite à s'entretenir avec Radot. À son retour, ce dernier le rejoignit dans son bureau.

— Monsieur le Conservateur, je vais encore abuser de votre temps.

— Je suis à vous, Monsieur le Ministre, au moins partiellement.

— C'est à l'érudit que je m'adresse. Faute de temps, je n'ai pas d'autre spécialiste de la chose chrétienne sous la main. Je crois me souvenir que votre thèse de doctorat portait sur *l'évolution de la représentation des Évangiles dans la peinture toscane du XVe siècle*. Lisez ceci et livrez-moi spontanément vos suggestions. C'est une copie de la lettre retrouvée à côté de la victime.

— Je vais la lire à voix haute, si vous permettez, ça m'aidera à réfléchir : « Je me dresse, consacré par les mains de notre vicaire. Fort de ma foi, je confonds les sicaires de Légion devant la gloire et la toute-puissance du Très-Haut. Qu'ils sachent à présent que les gémonies leur sont promises et que leurs péchés ne seront pas remis, car ils ont usurpé la parole du Fils de l'Homme. *Semper fidelis/Semper paratus*. Gimo Sala. »

Radot fit une pause de quelques minutes et reprit :

— Voici mes suppositions : au-delà d'un style trop lourd pour être celui d'un fin lettré, le tueur, s'il en est l'auteur, est, ou se prétend être, béni par le pape en personne, qu'on appelle aussi le vicaire du Christ. « Légion » est le nom que se donne le démon dans la bouche du démoniaque de Gadara, un épisode relaté dans l'Évangile de Marc : « Quel est ton nom ? » lui demande Jésus. Le possédé répond : « Mon nom est Légion ; car nous sommes plusieurs. » À l'époque, le mal absolu pour les Juifs était incarné par les légions romaines qui occupaient leur terre, d'où cette corrélation avec le diable. Je continue : l'usurpation dont il est question voudrait suggérer que l'on a agi au nom de Dieu en trahissant sa parole, ce qui constitue le crime d'hérésie. Le tueur s'en prend donc à une voix dissidente de celle de l'Église officielle, comme il y en eut beaucoup : les fameux cathares entre autres. Par extension, le meurtrier, prétendument très catholique, peut désigner tous les non catholiques. La phrase latine signifie : « Toujours fidèle/Toujours prêt. » Ce qui ressemble plus à une devise de corps d'armée. Voici ce que je peux dire. L'ensemble me fait penser qu'il n'en a pas fini : en tuant, il prêche. Attendez-vous à des suites, si d'ici là vous ne l'avez pas coincé.

— J'ai pensé la même chose. Et ça tombe en plein week-end de Toussaint ! Adieu mon tourteau chez mes beaux-parents à Saint-Gilles ! Sérieusement, cet emblème m'emmerde ; il va d'ailleurs emmerder toute la diplomatie française, car il a été authentifié par l'ambassadeur du Vatican, auquel on a remis une copie. Selon lui, sous le sceau (c'est le cas de le dire !) du secret, l'enveloppe et le papier à en-tête appartiennent au Pape ; pareil pour le cachet sur la signature de ce Gimo Sala. Vous imaginez bien que je ne vais pas demander son emploi du temps au Pape. Vraiment, je me répète : ce foutu prédicateur m'emmerde !

— Qu'avez-vous dit ?

— J'ai dit qu'il m'emmerdait.

— Non, avant.

— Foutu prédicateur.

— Je peux revoir la lettre ?

— Tenez.

— … Oh ! Ce serait trop beau ! Ça m'obligerait même à reconnaître un semblant d'intelligence à ce criminel, dont je soupçonne une primitive cruauté, à voir ce dont il est capable… Je dois en avoir le cœur net !

Radot prit une feuille blanche et un stylo à portée de main. Suivant le cours de sa pensée en silence, il laissa son interlocuteur dans l'expectative. Soudain :

— Que c'est cocasse !

— Vous trouvez ? demanda l'autre, dubitatif.

— Regardez plutôt : « G.I.M.O. S.A.LA. »

— Son pseudonyme, certainement.

— Notre assassin est très joueur : il s'est confectionné un pseudonyme avec les premières et dernières syllabes de « GIrolaMO SAvonaroLA », prédicateur de son état, comme vous le savez peut-être.

— Vaguement : c'était un fou de Dieu exécuté à Florence à la fin du Moyen Âge, c'est ça ?

— À peu près. Jérôme Savonarole, en français, était un moine de l'ordre des Dominicains qui combattit la corruption et les mœurs dissolues de la capitale toscane, à la fin du XVᵉ siècle. Prieur du couvent San Marco, ses sermons sont connus pour avoir attiré et impressionné les foules, notamment les artistes de la Renaissance, parmi lesquels Michel-Ange, Botticelli, pour ne citer qu'eux. Grâce à son aura et ses prédications, il parvint à chasser les puissants Médicis et installer une théocratie à Florence, non dénuée pourtant d'un sens profond de la justice et de l'équité. Mais il finit par lasser une ville habituée avant lui à un épicurisme débridé. Qui plus est, en invectivant le puissant pape Alexandre VI Borgia, il provoqua ses foudres et fit trembler la population, qui craignait des représailles de Rome. L'Inquisition eut finalement raison de lui : il fut pendu et brûlé sur la place de la Seigneurie. Ses cendres furent ensuite dispersées dans l'Arno. Notre illuminé a de l'instruction. En choisissant un pareil pseudonyme, il nous signifie sa ferveur jusqu'au-boutiste. J'avais raison : il ne s'arrêtera pas là.

— Hélas… Je vais soumettre votre découverte aux enquêteurs. Ensuite, j'irai m'acquitter d'un douloureux devoir : expliquer à une mère que son petit garçon a été victime d'un meurtre gratuit. Car le meurtre d'un enfant est toujours gratuit.

— Je n'envie pas votre place, Monsieur le Ministre. Mais ce crime n'est pas gratuit, loin de là.

— Merci de votre collaboration, Monsieur Radot. Il est temps d'y aller. Le plus vite sera le mieux.

Si les hurlements font peur, les gémissements sourds déchirent le tissu fragile de l'âme et la frappent en profondeur. Face à cette souffrance, un devoir moral nous interdit de nous effondrer dans le chagrin démonstratif : nous devons supporter la douleur de l'autre, subir ses assauts sans broncher, car de notre force apparente, il puise le dérisoire soutien pour se relever. Fayçal Mawar, « jeune » ministre de quarante-cinq ans, eut cette dignité, pendant les quelques instants passés auprès de Theresa Garcia. Il enveloppa la pauvre femme dans ses bras, songeant alors à ses deux filles, Alice et Amandine, âgées respectivement de quinze et treize ans. Sa voix posée, de laquelle une poignée de mots pudiques sortaient, ne parvint cependant pas à apaiser une mère privée de son seul enfant. L'abominable entretien se déroula sans autres témoins que ces deux-là. Nul n'en connut la teneur. Mawar faisait toujours vœu de discrétion, ne confiant que le nécessaire à son entourage et portant seul son fardeau.

Fils de harki, Fayçal Mawar naquit dans une famille débarquée de la Kabylie dans les années 1960. Il avait deux frères et une sœur. Dès le plus jeune âge, il développa des aptitudes exceptionnelles, motivé par des parents plus soucieux de l'intégration de leurs enfants que de leur enseigner des traditions importées d'ailleurs et incompatibles avec leur nouvelle patrie, quels que fussent les obstacles rencontrés. Ainsi, à seize ans, le jeune Fayçal Mawar écrivait et parlait l'anglais, l'arabe et le français. Loin des stéréotypes habituels de l'enfant des cités-dortoirs, il usait plus ses pantalons dans les rayonnages de la bibliothèque municipale que sur les terrains de sport ou les escaliers d'immeubles.

Son père, maçon de son état, avait un *credo* pour sa progéniture : la réussite sociale ; le bonheur suivrait, il en était convaincu. Son frère aîné devint ainsi pédiatre (il dirigeait son propre service dans un hôpital parisien) ; sa sœur, après son agrégation d'histoire et sa thèse, partit enseigner dans une université de la Belle Province. Lui gravit rapidement les échelons de la Fonction publique, jusqu'à l'ENA. Son engagement politique datait de ses années de lycée. Il devint par la suite maire, député et enfin ministre de l'Intérieur.

Depuis trois ans qu'il était en poste, nul ne s'en plaignait, à commencer par les fonctionnaires de police. La délinquance n'avait pas baissé comme la bourse par jour de tempête économique, mais enfin, de notables améliorations étaient survenues. Mawar ne cédait pourtant ni à la tentation communautaire, ni à celle du « bon Arabe » qu'on exhibe comme un certificat de bonne conduite en société. Il se sentait pleinement investi par l'identité française et entendait la défendre activement en tant que citoyen de la Nation. Au reste, il n'était pas croyant. D'où sa popularité sans ambiguïté. Seul l'intérêt supérieur de la Nation avait pour lui un sens sacré.

Theresa Garcia était en ce moment prostrée à même le sol, jambes repliées sous elle, les deux paumes de la main vers le Ciel qu'elle suppliait de lui dire que tout ceci n'était qu'un mauvais rêve dont elle sortirait juste un peu secouée. Le Ciel n'en fit rien : Fernando était bien mort, sentence inaudible aux oreilles d'une mère dévouée à son enfant. Elle pria, le ministre l'écoutant psalmodier en un murmure, demandant à son Dieu de l'aider à supporter ce chagrin inouï. Puis, ce fut comme un signe : les plombs sautèrent. Quand la lumière revint, un arrêt cardiaque avait mis fin à ses jours. L'archange maternel rejoignit son fils pour le bercer de ses ailes d'éternité, se seraient plu à croire certains.

L'impuissance du ministre se mua en rage. Il convoqua à nouveau ses collaborateurs, intima aux enquêteurs de le rejoindre afin de préparer un plan de bataille : « Je me fous du Vatican, je le veux ! » Nul ne broncha. Le lendemain, après le Conseil des ministres, il eut un entretien animé avec le Président. « La diplomatie, connais pas ! », répondit-il aux mises en garde présidentielles. Pourtant, il fallut se rendre à l'évidence : on ne perquisitionne pas le sanctuaire de saint Pierre comme un café du commerce ! Entre Mawar et son supérieur direct survint une fracture, la première, qui les séparerait irrémédiablement. Le ministre ne négociait jamais avec son éthique : il n'irait pas loin en politique !

Chapitre 2 – *Un conte de faits*

Dans son confortable fauteuil, sur une terrasse de pierre au pied de laquelle s'étendait un jardin savamment désordonné, Radot se prélassait. Héritage d'un parent heureux en affaires qui s'y fit construire un manoir de granit à la mode néo-gothique, il entretenait ce domaine du *Clos de l'aurore* avec un soin amoureux. Là seulement il se considérait chez lui, à l'abri du monde agité qui plaît à seize ans et fatigue passé quarante.

Entre la falaise et le jardin serpentait le sentier du littoral, à quelques mètres du précipice. Sur le côté droit, une piscine couverte de taille honnête ; sur le gauche, une dépendance abritant un cabinet de curiosités qui lui tenait lieu d'atelier de peinture et servait de laboratoire à son frère aîné. Surplombant l'ensemble, il y avait ce bâtiment de trois étages dont l'imposante forme offrait une stabilité rassurante face à la mer parfois déchaînée. L'intérieur consistait en maintes pièces où les siècles, à travers le mobilier et les bibelots, semblaient cohabiter dans une joyeuse anarchie de styles.

Un mur d'enceinte de plus de trois mètres de haut ceinturant la propriété et une longue allée centrale arborée la rendaient invisible de l'extérieur. Son opacité était complétée par un apocalyptique monument de la nature accaparant les yeux de tous : la pointe du Grouin. Un de ces paysages qui éprouvent les nerfs, à moins de trouver dans le chaos une source d'apaisement. Des falaises froissées comme du papier brouillon contenaient la mer, tandis qu'au large une ligne continue et abrupte de rochers se dressait, telle une rangée de griffes déchirant les vagues comme de la chair. Tout ça retentissait dans un fracas extraordinaire et paradoxalement mélodieux. Plus à l'est, un autre rocher paraissait tout droit venu d'un conte fantastique : le mont Saint-Michel. Deux cailloux gigantesques se faisaient ainsi face. D'un côté le travail de la nature, de l'autre celui de l'homme, sans que le spectateur pût dire lequel était le plus remarquable.

En ce moment dans le manoir, un petit groupe se réunissait dans un salon disposé en demi-cercle. Au centre, il y avait une table marquetée dont le dessus représentait la carte du monde tel qu'on se le figurait trois siècles plus tôt. Autour, Carole-Anne, Radot et sa fille Mathilde buvaient un apéritif.

— Alors mes chéries, quand vous déciderez-vous à mener une vie bourgeoise avec des enfants et un prêt immobilier à rembourser sur quinze ans ?

— Papa, tu ne vas pas remettre ça ! Notre vie « dissolue » nous va très bien.

— Ah, cruelle enfant ! Pas de petit-fils à l'horizon ?

— Horizon dégagé, je ne vois rien mon capitaine ! Bon, on va le manger ce plateau de fruits de mer, ou on poursuit dans le pénible registre de la morale paternaliste ?

— N'insistons pas. Allons plutôt supplicier quelques huîtres !

Arrivés au restaurant, un voile d'inquiétude passa sur les yeux de Radot lorsqu'un enfant d'environ cinq ans traversa la salle : même allure que le petit Fernando.

— Il lui ressemble beaucoup, dit-il.

— Tu veux parler de ce pauvre gosse retrouvé dans ton musée ? demanda son frère Alexandre, venu les rejoindre entre-temps.

— Mort à cause d'un dingue qui s'excite en tuant et qui sait qu'il ne risque rien de sérieux chez nous ! Il faudrait lui couper sa foutue tête !

— Ma fille, je te prie de contenir tes débordements de colère. Avec de tels raisonnements, nous en serions encore aux cavernes.

— Tu lui trouves des circonstances atténuantes à ce monstre ?

— Aucune circonstance : ni atténuante, ni aggravante. D'ailleurs, s'agit-il même d'un homme ? Tu vois, pas de quoi conjecturer. L'enquête est en cours, c'est tout ce qui importe. Quant au sort de l'enfant, je le déplore autant que toi : Carole-Anne et moi avons eu le triste « privilège » de voir sa dépouille, ne l'oublie pas.

— Moi, ça me dégoûte. Si c'est ça l'humanité, j'aimerais mieux être une bête !

— Commandons ; je commence à ressentir les effets de notre jogging, Mathilde.

— Merci de ta salutaire diversion, Carole-Anne, lui murmura Radot à l'oreille.

Avec le port de Cancale comme panorama, ils déjeunèrent tous les quatre autour de conversations plus distrayantes. Quelques mouettes (les grillons de Bretagne !) se querellaient bruyamment à propos d'un sandwich abandonné sur un parapet et dont chacune revendiquait la propriété. C'était là un tableau idéal de la tranquillité ; un contrepoids à la lourdeur étouffante des derniers jours passés au château de Chantilly où tout le domaine avait été bouclé et les employés questionnés plusieurs fois, nécessitant de ce fait la présence de Radot, en sa qualité de conservateur en chef, pour tempérer l'empressement des uns et l'agacement des autres. Les membres de l'Institut de France, alors absents le soir du drame, exigèrent par ailleurs qu'il surveillât de très près ces « intrus, peu familiers avec l'art, donc peu soigneux ». Ce fut un éprouvant exercice de jonglage pour ménager les susceptibilités de chacun.

On récoltait des indices pendant qu'en coulisse la diplomatie entrait en action. Hasard de l'histoire, le camerlingue était officiellement attendu à Paris pour l'inauguration d'une exposition au Grand Palais : « Trésors du Vatican » ; un prêt exceptionnel d'œuvres choisies parmi les collections des musées de l'État pontifical. Officieusement, une réunion extraordinaire se tiendrait entre une poignée de gens instruits des dessous de l'affaire de Chantilly. La place publique devait tout ignorer.

De l'enquête il ressortait que :

1 – Tous les employés justifiaient leur emploi du temps le soir du meurtre.

2 – Aucune effraction n'avait été constatée au château. Le tueur avait vraisemblablement bénéficié de complicités encore non identifiées.

3 – Un tableau manquait parmi les collections : *Odet de Coligny*, portrait exécuté par François Clouet. Il s'agissait d'un petit format offert au musée dix ans auparavant. Sa disparition ne fut découverte que deux jours après les faits mentionnés plus haut.

4 – Enfin, le plus singulier : l'écriture de la lettre manuscrite était identifiée pour être celle de Jules II, pape dont le pontificat s'étala de 1503 à 1513. Les analyses graphologiques étaient formelles.

L'ensemble du personnel du domaine n'étant évidemment pas au courant des détails de l'enquête, sept d'entre eux, partiellement dans la confidence, mesurèrent l'importance de s'en tenir à la version officielle. Pour le public, la dépêche suivante fut envoyée à l'AFP dès le lendemain du crime :

« Un enfant a été retrouvé mort, hier soir, au château de Chantilly. Les premiers éléments de l'enquête en cours indiquent le meurtre d'un tueur isolé et souffrant de troubles psychiques. La victime, un enfant âgé de cinq ans, vivait seule avec sa mère, décédée le soir même des suites d'un arrêt cardiaque. L'auteur des faits, encore inconnu, n'a toujours pas été appréhendé. »

Ces quelques lignes suffirent à déchaîner la curiosité des medias. Tandis que l'enquête se poursuivait au domaine, flashes, caméras et blocs-notes tâchaient de recueillir des miettes d'informations derrière la grande grille artistement ouvragée de l'entrée principale, farouchement gardée, comme les autres issues, par les forces de l'ordre. Bien entendu, rien de l'essentiel ne transpira, car l'essentiel, dans les affaires de cette portée, doit demeurer « invisible aux yeux de tous ».

Au *Clos de l'aurore*, la nuit tombait. Les frères Radot, Carole-Anne et Mathilde étaient assis chacun dans un fauteuil, près d'une cheminée massive finement ouvragée où crépitait un feu nourri. Plus grand et nettement plus enveloppé que son cadet, Alexandre racontait, d'une voix grave, un étrange récit aux trois autres :

« Archibald de Saint-Hiver était l'unique rejeton du comte Philippe de Saint-Hiver, rescapé des guerres de l'Empire desquelles il revint miraculeusement entier, ce qui, compte tenu de sa folle bravoure, ne représentait pas un mince exploit. Il n'avait pourtant jamais aimé le "drôle de petit bonhomme corse" qu'il avait servi parce que c'était alors servir la France, à laquelle il rendait grâce tout de même de lui avoir conservé sa tête pendant la Révolution. Aide de camp d'un maréchal, Philippe avait même eu "l'insigne honneur" d'entendre l'empereur des Français déverser un chapelet d'injures à l'attention d'un obscur ambassadeur ayant eu de l'initiative, ce que le "grand homme" goûtait fort peu. "L'initiative, c'est moi !", aurait-il rugi aux oreilles baissées du diplomate. C'est ainsi qu'il rapporta l'anecdote dans ses pompeux et médiocres mémoires.

Quant à son fils Archibald, privé fort tôt de sa mère morte en couches, il était à peu près mauvais en tout : oisif et inconséquent, il avait désespéré les cœurs féminins à plusieurs lieues à la ronde et, sans la prudence de son père, il aurait dilapidé la fortune familiale en de vaines dépenses. Cependant, il possédait une qualité que les marins de Saint-Malo lui reconnaissaient avec une admiration non feinte : c'était un navigateur d'exception. Certains d'entre eux lui étaient redevables de la vie. Combien de fois, en effet, se jeta-t-il dans la mêlée écumeuse pour, toutes voiles dehors, sauver des mortels récifs alentour les bateaux en pleine tempête ! Non qu'il fît cela par bonté d'âme ou souci de se racheter une conscience auprès d'un Dieu auquel il ne croyait pas : il aimait juste se mesurer au danger. Le reste du temps, il s'ennuyait. À force, ses exploits parvinrent aux oreilles mal disposées de son père qui saisit l'occasion en envoyant son fils se faire voir sur les mers du monde à bord de *La Catherine*, galion commandé par un vieil ami, François Chevalier. Jamais Archibald ne connut pareille exaltation. Il navigua sur tous les océans, goûta toutes les femmes, se distingua par sa discipline et son sens de la manœuvre.

Puis il devint à son tour capitaine de *La Catherine*, après que François Chevalier eut choisi d'aller finir ses jours dans sa Normandie natale. Tout aurait été pour le mieux si Winady Mildeer n'eût croisé la route de l'intrépide marin. D'une origine douteuse, la belle (car elle l'était : ses portraits qui nous sont parvenus l'attestent) avait le goût immodéré des aventures illicites. Mademoiselle Mildeer exerçait la profession lucrative de voleuse de charme : elle dérobait d'abord les cœurs, ensuite les bourses ! Cette ensorceleuse séduisait ainsi les proies masculines fortunées. Multipliant les identités, elle réussit à éviter les deux obstacles majeurs dans cette sorte de profession : être attrapée ou tomber amoureuse. Un jeune capitaine de marine la ferait choir. Archibald, nouveau comte de Saint-Hiver, héritier de la fortune de son père fraîchement défunt, représentait désormais un parti d'importance pour ces demoiselles en quête de mari, d'autant qu'il semblait s'être assagi au contact des océans. Un soir, attendant de repartir en mer et ayant accepté l'invitation d'un notable de la région, il assistait à l'une de ces soirées monotones et nécessaires pour faire partie du monde lorsqu'une apparition entra dans le salon, dans une robe de taffetas surmontée d'une dentelle de Bruges. Quand Archibald approcha pour la première fois Winady, d'ordinaire plein d'entrain avec le beau sexe, il balbutia. Passée la première gêne, ils ne se quittèrent pas de toute la soirée, ne se souciant de personne d'autre, particulièrement pas des jeunes femmes de la bonne société, amères de voir leurs efforts anéantis par une étrangère. Le lendemain, à l'aube, Winady, qui avait passé une nuit épouvantable dans la solitude de sa chambre, força les défenses du *Fort d'Émeraude*, le domaine d'Archibald, s'introduisit furieusement dans ses appartements, avoua tout son passé et lui cria qu'elle l'aimait. Archibald l'épousa une semaine plus tard. Dès lors, Winady, comtesse de Saint-Hiver, se découvrit une autre passion que le vol et l'usurpation d'identité : son époux.

Après quelques mois de bonheur conjugal, Archibald reprit la mer sur ordre du roi. Sa mission lui prit un mois. À son retour, il fut accueilli par un sergent de ville, grave, sur le quai où son navire amarrait : son domaine avait été dévasté par un incendie, son épouse, assassinée, ses restes déposés dans le caveau des Saint-Hiver. Se ruant au *Fort d'Émeraude*, il n'y découvrit que dévastation. On l'y retrouva, prostré sur le cercueil de son épouse. Le sergent, qui l'avait deviné et rejoint chez lui, livra les conclusions de l'enquête : un vol qui avait mal tourné. En effet, un bijou abandonné par le criminel en fuite avait été retrouvé sur la pelouse. Archibald disparut de la région. Son enquête, plus méticuleuse, le conduisit au meurtrier : un ancien amant de sa femme, spolié de certains biens, s'était vengé d'elle. À la suite de ses aveux, Archibald se fit justice en l'abattant d'un coup de pistolet.

Il mena ensuite une vie recluse et méditative dans un monastère isolé, dissimulant à ses frères sa véritable identité. Malade, âgé de quarante-six ans, il s'apprêtait à mourir en paix quand vint à lui un homme avec un terrible secret : Winady, avant de mourir, portait alors son enfant ; elle avait supplié son assassin de l'épargner. Pour toute réponse, le fil d'une épée lui avait transpercé le cœur. Comment son interlocuteur connaissait-il tous ces détails ? Il avait tout vu, mais s'était enfui par lâcheté et par crainte qu'on l'accusât de n'avoir rien fait pour empêcher le drame ou, pire, d'être reconnu complice. La justice accusait aisément les gens du peuple à cette époque, rendus responsables des massacres de la Révolution, encore très présents dans les esprits. Depuis, rongé par le remords, il tentait de retrouver son ancien maître pour tout lui confesser, sans succès jusqu'à ce jour. Archibald le reconnut pour l'un de ses valets d'alors, malgré les vingt années qui le séparaient du drame. Il lui pardonna chrétiennement sa couardise. Mais à l'heure de mourir, un mois plus tard, le 5 juillet 1848, hanté par l'image de l'enfant qui lui avait été dérobé par le crime, il maudit la descendance de Gaspard Radot, incapable de pardonner. »

— Ton ancêtre, Mathilde, conclut son père.

Un silence de stupeur fit d'abord taire chacun pendant d'interminables secondes. Le récit prenait une autre tournure que celle d'un simple conte. Carole-Anne constata le visage immobile de son amie : il devint livide. Alexandre regardait son frère crispé :

— Tu voulais qu'elle sache, c'est chose faite ! lança nerveusement Théodore.

— J'aurais préféré t'en laisser la charge : tu es son père.

— Ta voix colle mieux à cette légende que la mienne !

— Si tu le dis.

— La malédiction a-t-elle eu des effets ? demanda Mathilde, par un réflexe superstitieux propre à ceux de son âge, même les plus incrédules.

— Non… pas vraiment, ma fille.

— Comment ça pas vraiment ? insista-t-elle.

— Disons que notre famille a connu son lot de petites tracasseries qu'on pourrait, en cédant à une crédulité infantile, imputer, à cet anathème d'un mourant. Plus raisonnablement, nos ancêtres ont, ni plus ni moins que la plupart des familles françaises, subi les colères de l'Histoire et les aléas de l'existence.

— J'adore habituellement ton sens de la modération, Théodore, mais pas ce soir ! Dis-lui tout, il est temps, tu ne crois pas ?

— Qu'il en soit ainsi : Gaspard Radot, une fois mort, laissa une fille de deux ans, élevée par sa mère. Après la mort de celle-ci, à vingt-trois ans, la jeune femme épousa un certain Montfral et vécut une banale vie bourgeoise jusqu'à ce qu'elle découvre que son mari les avait ruinés tous deux au jeu. Ce dernier s'enfuit quelque temps plus tard au bras d'une grisette et disparut tout à fait de son existence. Ruinée, elle se précipita un soir du haut d'un pont dans la Seine. Certains témoins de l'époque, alors à bord d'une barque sur le fleuve, crurent voir une silhouette dans son dos quand elle se jeta dans le vide. Les autorités préférèrent la thèse plus plausible d'une femme riche dépossédée de tout, choisissant la mort plutôt que la misère qu'elle n'avait jamais connue. On l'enterra civilement : puisqu'elle s'était donné la mort, l'Église ne pouvait lui accorder les derniers sacrements, malgré sa grande piété de son vivant. Les deux fils de Gwenaëlle Montfral furent recueillis par les pères de l'Immaculée Conception, en mémoire de leur généreuse mère. L'aîné mourut en 1871, à Paris, retrouvé pendu à un réverbère, sous l'uniforme « versaillais » ; le cadet connut une longue et prospère vie. Sans enfant, il veilla sur son neveu et sa nièce ainsi que leur mère, devenue veuve. Le garçon, Pierre, fit fortune en Argentine dans le commerce du cuir ; sa sœur, Véronique, épousa un Saint-Laurent de la Vilaine, une famille bretonne de vieille noblesse. Elle décéda à vingt-sept ans des suites de douleurs au ventre : on conclut à un empoisonnement alimentaire. Nous étions alors en 1904. Son fils Gustave-Louis fut élevé par son père et, après avoir brillamment réussi Saint-Cyr, s'illustra dans les colonies, desquelles il revint capitaine. Entre-temps, son oncle maternel revint en France avec sa famille pour fonder le magasin de maroquinerie de luxe *Montfral* (ça, tu le savais déjà, Mathilde). Le jeune Saint-Laurent de La Vilaine se distingua sur les champs de bataille du premier conflit mondial jusqu'à ce qu'un matin du 2 décembre 1916, au pied d'une colline, une patrouille française le découvre égorgé. Deux mois plus tard, son cousin germain tombait sous le feu de l'artillerie ennemie. La veuve du capitaine fut emportée en 1919 par la grippe espagnole. Madame Montfral et son époux, à présent privés de leur fils, sans descendance, élevèrent les trois enfants Saint-Laurent de La Vilaine : une fille, Aurore, entra dans les ordres ; Léon, ton arrière-grand-père, dirigea la maison Montfral et fit construire la demeure où nous nous trouvons présentement ; enfin, Blanche, la plus âgée, décéda en 1929 à Paris, renversée par le camion d'un charbonnier. Pour défier la malédiction familiale, qu'on se transmettait comme un héritage maudit, le grand-père Léon, superstitieux à ses heures, défia le destin, abandonna son aristocrate patronyme et se fit appeler Radot, comme son triste ancêtre. Il eut deux fils avec ma grand-mère Marguerite : l'oncle Célestin et notre père, René. Célestin fit carrière dans la Marine marchande et périt en mer. Notre père dirigea à son tour la maison *Montfral*, s'en sépara quand maman devint malade. Entre-temps, il y eut nous deux et notre sœur, Élisabeth… qui s'est suicidée en 1968… un chagrin d'amour qui a mal tourné. Tu lui ressembles presque trait pour trait, c'est impressionnant, Mathilde.

— Pourquoi avoir attendu si longtemps pour ces révélations ? Avant, je ne savais à peu près rien de ma famille paternelle. Et là, tout à coup, une histoire aussi fantastique que macabre.

— Pour la défense de ton père, après la mort de ta mère, Théodore a imposé le silence sur cette histoire : il voulait te protéger en t'évitant de faire des liens perturbants avec ta propre histoire. Les faits n'en sont pas moins vrais.

— Alexandre a toujours été romanesque, Mathilde ; je te rappelle qu'il écrit des romans ; d'aventure qui plus est ! Je crains que son imagination ne déborde parfois de ses pages. Alors, reprenons les faits en anticipant les hypothèses abracadabrantes de ton oncle : une femme ruinée, habituée jusqu'alors à vivre dans l'opulence et voyant poindre le spectre de l'indigence, trompée de surcroît dans son amour, peut raisonnablement se donner la mort ; un versaillais pendu dans Paris en 1871 : n'importe quel livre d'histoire de France te dira quelle était alors l'ambiance dans la capitale cette année-là et quel danger courait un adversaire de la Commune ; un décès par empoisonnement alimentaire, encore à notre époque, ça arrive régulièrement : pas de quoi exciter l'imagination ; en 1916, sur les champs de bataille on tuait avec tout ce qui pouvait tuer, c'était la guerre : mourir égorgé, pourquoi pas ; un accident en 1929, rien que de très banal ; mon oncle, enfin, disparu au large, dans quelles circonstances ? Nul ne le sait, d'accord ; ils sont nombreux à être avalés par les flots, ceux qui se frottent à l'océan, il me semble, sans que leurs familles s'inventent des complots hollywoodiens ! Quant à ma sœur, comme Adèle Hugo, elle a perdu la raison et s'est ouvert les veines parce que fragile des nerfs et incapable de supporter de ne pas être aimée en retour par un brave imbécile petit-bourgeois qui s'était juste payé du bon temps avec elle. Alors, ma question est simple : où veux-tu en venir, Alexandre ? Tu ne vas tout de même pas me faire croire que chaque génération de notre famille doit payer un tribut de sang pour répondre à la malédiction de ce Saint-Hiver ? À force, tu vas nous apprendre que c'est Dieu en personne qui nous en veut !

— Je ne dis rien de tel, j'expose des faits, dont tu éludes une partie.

— Des faits que tu orientes ! Je n'élude rien.

— Dois-je, en premier lieu, te rappeler sur quel sol nos pieds reposent ?

— Va, au point où nous en sommes ! Ma fille, le *Fort d'émeraude* et le *Clos de l'aurore* ne sont qu'un seul et même domaine. Ton arrière-grand-père Léon poussa en effet sa lubie de la malédiction jusqu'à acheter ce terrain alors clairsemé de ruines à la municipalité qui n'en faisait rien ; il y fit sortir de terre cette demeure et le reste. Pour autant, personne jusqu'à présent n'a été dérangé dans son sommeil par un fantôme avec un acte de propriété en main pour nous expulser !

— Amusant, papa ! Tonton, tu as des documents sur cette histoire ?

— Après tout ce qui existe sur cette histoire et ses nombreuses ramifications, je crois les posséder. Le moment opportun, je compte en tirer quelque chose de « romanesque », pour paraphraser ton père.

— J'aimerais les consulter.

— Quand tu voudras, ma nièce adorée.

— Carole-Anne, excuse les démonstrations délirantes de mon frère. C'est une famille de fous, tu l'as constaté, je crois. Que penses-tu de cette fable bizarre ?

— Passionnant ! Cependant, la morale ne me plaît pas : elle suppose l'hérédité de la faute et, par corollaire, de la vengeance. Cette malédiction, au-delà de la fantaisie surnaturelle qu'elle sous-tend, est injuste. Les descendants doivent-ils payer pour le crime de leurs parents ? Je n'aime pas cette idée.

— Tu as entièrement raison : les descendants de Saint-Hiver (quoiqu'on ne lui en connaisse pas), depuis quelque cent quatre-vingts années que le meurtre « originel » a été commis, sacrifieraient ainsi leur existence à un but aussi vain ? Ceci n'est donc qu'une légende, c'est une certitude.

— Comment maman est-elle morte ?

— … Mathilde, quel rapport ?

— Je viens de te poser une question.

— Ta mère a été victime d'un malaise en voiture : elle a percuté une camionnette.

— Il s'agissait d'un véhicule volé. On n'a jamais retrouvé le conducteur.

— Merci de cette précision inutile, Alexandre !

— Dedans, par contre, on a retrouvé un mot griffonné sur un bout de papier : « Pardon » et un foulard taché de sang.

— Mon frère tu n'es qu'un emmerdeur ! Mathilde, on peut conjecturer tant qu'on voudra, Angélique n'a pas été assassinée. Le fameux mot sur le tableau de bord a été écrit à la hâte. Pour le foulard, le chauffeur a vraisemblablement essuyé le visage de ta mère pour vérifier si elle était encore en vie ; voyant que non, il a paniqué et tenté de pitoyables excuses avant de fuir, car, l'enquête l'a confirmé, il n'a pas respecté la priorité à droite et ta mère, compte tenu de son état, a été incapable de réagir pour éviter le choc : fin de l'histoire !

— Soit, Théodore, pardonne-moi. Si j'ai infléchi la discussion dans ce sens, c'est que je veux mettre en garde notre Mathilde contre un danger que tu nies.

— Lequel, je te prie ?

— Je suis persuadé que ce n'est pas, comme tu l'affirmes, une malédiction qui se réalise, mais, à la lumière d'informations que je détiens, une énigme vieille de presque deux siècles, peut-être plus. Écoute plutôt. Il y a quelques mois, dans le cadre de mes recherches, j'ai fait l'acquisition d'une liasse de lettres. Je vous lis l'une d'entre elles, qui devrait particulièrement t'intéresser, mon frère :

« Compiègne, le 1er juin 1860

À Évariste M...

Une dernière fois, je vous conjure de mettre un terme à vos absurdes desseins. Je peux encore contenir la colère de Sa Majesté, pourvu que vous rendiez ce que vous avez dérobé. Songez qu'il y va du salut de la chrétienté. Mandez-moi quelque lieu où vous aurez pris soin de déposer les documents volés et disparaissez. Vous êtes riche, choisissez une retraite éloignée où le monde vous oubliera. L'Empereur y consent, pourvu que vous quittiez l'Europe. Faites-moi connaître au plus tôt vos dispositions par la voie habituelle. Dieu fasse qu'elles soient d'un homme sensé !

Semper fidelis/Semper paratus.

C.A.L.J., duc de Morny. »

Théodore Radot reçut de plein fouet cette lecture. Alexandre, qu'il avait mis dans la confidence du message découvert sur le corps du petit Fernando, le transperça de son regard bleu horizon qui l'impressionnait tant depuis son enfance. Soudain, les moqueries habituelles sur ce « conte familial » se muèrent en une inquiétude qu'il ne put dissimuler. Puis, se ressaisissant :

— Rappelle-moi de faire un don à sainte Rita, par précaution !

— Tu peux compter sur moi, petit frère, quoique notre cause ne soit pas si désespérée !

— Si on vous dérange toutes les deux, ne soyez pas timides, n'hésitez pas à nous le dire !

— Non, Carole-Anne, vous ne nous dérangez pas. Quand Théodore m'a rapporté l'épisode dramatique dont toi et lui avez été les malheureux témoins au musée, je l'ai écouté avec sidération en prenant connaissance du contenu de la missive retrouvée sur ce pauvre gosse, dont il lui était interdit de me révéler l'existence, si je ne m'abuse ? Mais il n'a jamais rien pu me cacher : je suis le grand frère, donc l'autorité ! Voilà que je commets la faute de vous en parler ! Quels bavards nous sommes dans cette famille ! Bon, reprenons : l'assassin du petit Fernando, juste au-dessus de sa « signature », a écrit lui aussi la locution latine *Semper fidelis/Semper paratus* : « Toujours fidèle/Toujours prêt ».

— Les plus hautes autorités te disent de te taire et toi tu causes. Mon père chéri, tu es une vraie pie !

— Nous sommes entre gens de bonne compagnie et il est vrai que j'ai certaines difficultés à me taire quand je n'en ai pas envie. Néanmoins, il serait plus judicieux de n'en souffler mot à personne. Et pour aller jusqu'au bout de mon indiscrétion, je vous restitue de mémoire la prose du tueur...

Théodore récita. Ensuite, en accord avec son frère, il prit la décision de ne rien dire aux autorités de ce qui venait d'être discuté ce soir. Ils enquêteraient de leur côté et parleraient en temps utile. Ce choix était d'abord motivé par une méfiance à l'égard d'une enquête où la diplomatie tenait une trop grande place au goût des deux frères. Cela entraînerait des conséquences qui les précipiteraient dans la plus grande aventure de leur existence ; aventure née d'un rêve enfantin à ce jour jamais réalisé : une chasse au trésor. Là résidait la seconde raison de leur silence. Quant aux deux filles, elles se tiendraient en retrait, pour le moment.

Chapitre 3 – *Le Président*

« **M**on lointain prédécesseur avait raison : ce siècle sera mystique. Voyez-vous, Radot, je crains de fâcheuses complications dans l'affaire qui nous occupe. Mon camarade de l'Intérieur aussi. Il est sur les dents. Le Vatican exige, plutôt qu'il ne demande, des garanties de discrétion dignes des services secrets, quelle que soit l'issue de l'enquête d'ailleurs. Le concile de Vatican III débute dans trois mois à Rome et Innocent XIV ne veut aucune fausse note dans sa croisade du renouveau de la foi. Ce nouveau Borgia, la luxure en moins, entend redonner à l'Église catholique sa puissance politique perdue. Pour ça, il est prêt à tout, n'en doutons pas. Dans ces conditions, les informations parviennent au compte-gouttes place Beauvau, sans compter que le Président en personne surveille l'affaire de très près : il est croyant et pratiquant, ce cher Victor. Étonnant qu'il ait un ami comme moi, quand on y réfléchit. Un ami de longue date qui s'est, il est vrai, toujours effacé à son profit tandis qu'il aurait pu prétendre à de plus hautes destinées… Je reconnais bien volontiers que mon judaïsme pas très catholique ne me légitime pas pour parler de ça, mais il est un peu fanatique, ce pape, vous ne trouvez pas ? À ce propos, félicitations : vous avez eu un éclair de génie avec Savonarole !

— Mon pieux athéisme n'est pas plus légitime, mais je partage votre point de vue sur le chef d'État du Vatican, Monsieur le Ministre. Mais serait-ce pour parler politique internationale et me féliciter que je dois l'honneur de vos salons ?

— Pas seulement. Même si votre compagnie m'est toujours plaisante, je vous ai prié de venir car j'ai une nouvelle particulière à vous annoncer. Le gouvernement italien a dépêché un attaché culturel auprès du camerlingue et de sa suite pour l'inauguration de l'exposition du Grand Palais ; quelqu'une en réalité : Artémisia Villani. Nous nous sommes entretenus tous les deux et vous êtes revenu dans la conversation assez… régulièrement. Je la devine encore très amoureuse. Je voulais vous en informer, à titre amical. Et si vous la voyez, ne la faites pas pleurer, pas le premier jour au moins !

— Je ferai de mon mieux, Monsieur le Ministre.

— Tâchez juste de bien faire, ce sera un début. Au fait, je compte sur vous pour ma petite réception, n'oubliez pas.

— Ce sera avec plaisir, Monsieur.

— Bon vent, Radot, et méditez cette maxime très inspirée de Jules Renard : "C'est si ennuyeux, le deuil ! À chaque moment, il faut se rappeler qu'on est triste".

— Je serai le plus gai possible.

— Oh, Monsieur Radot ! Songez comme cela pourrait être interprété par un homme comme moi !

— Monsieur, j'ai l'intime conviction que vous perdez votre temps dans ce bureau : avec une plume à la main, vous feriez des merveilles.

— Filez, j'ai à faire, vieux flatteur !

— Mes respects, Monsieur le Ministre. »

Ce lundi matin, le jardin du Palais Royal grisonnait. Sous les arcades, de rares passants et passantes faisaient résonner leurs talons. Loin des journées de printemps, quand les Parisiens se prélassaient sur les bancs ou grimpaient sur les « indiscutables » colonnes de Buren, l'endroit était abandonné. Dans les allées couvertes, tous avaient des têtes hivernales que les vitrines éclairaient à peine. En quittant le quadrilatère de pierre du Palais Royal, Radot, contrairement à ses habitudes, ne s'attarda pas devant le programme de la Comédie Française, ni sur les figurines de plomb géométriquement alignées d'un magasin qu'il connaissait bien. Pareillement, il traversa hâtivement le

Louvre sans prendre le temps d'aller saluer ses confrères, ce qu'il faisait en temps normal. Ce matin-là, rien ne lui semblait normal, quoiqu'il ait donné le change au ministre : Artémisia était revenue, sûrement descendue à l'hôtel des Trois-Fois. À présent, elle avait trente-huit ans. Probablement aussi belle qu'avant ; l'assurance de six années en plus.

L'hôtel des Trois-Fois, dans le quartier de Saint-Germain-des-Prés, renfermait deux trésors : un jardin intérieur touffu et une cave aménagée en salon-bar, dont les éclairages, savamment tamisés, incitaient chacun au calme. En l'entendant descendre à la réception, après l'avoir fait appeler, Radot tenta en vain d'éprouver une joie strictement amicale de revoir Artémisia : peine perdue. Elle se dressa, superbe, devant lui, parée d'une élégance classique rehaussant son charme romain fait d'un teint subtilement mat, de cheveux charbonneux et d'un regard de ténèbres. Après un « bonjour » mélancolique dont seules les Italiennes ont le secret, Artémisia posa, en un français accentué, ce diagnostic catégorique :

— Voilà ce que c'est que d'aimer un souvenir, on ne peut pas s'offrir un présent acceptable et on reste célibataire, sans enfant, à presque quarante ans. Une vieille fille… Comment va Mathilde ?

— Comme une jeune femme de vingt-trois ans qui me ressemble : exubérante et effrontée.

— Elle doit être bien belle.

— Tout à fait, Mademoiselle Villani, ou devrais-je dire Mademoiselle l'attachée culturelle ?

— Dis ce que tu as envie de dire… si tu peux seulement me dire que tu es venu me voir autrement que par politesse.

— À ton avis ?

— … Te rencontrer après ces années est une épreuve, Théodore, je ne te le cacherai pas. Je me demande même si ce n'est pas moi qui préférerais te savoir ailleurs… Oublions cela ! Je suis juste détachée auprès du Vatican pour l'inauguration de l'exposition. Rien d'autre.

Mais pour ma mission : tenue correcte exigée ! On ne doit ni me voir, ni me deviner. D'où mon allure à la Jane Eyre. Dès mon retour à Rome, je reprends mon bureau au ministère du Patrimoine et des Activités culturels. Heureusement, parce que travailler avec eux, depuis l'arrivée du nouveau souverain pontife, ce n'est pas la joie. Les femmes les effraient plus encore que les quatre cavaliers de l'Apocalypse. Au fait, j'ai appris pour le château ; enfin, ce qu'en ont écrit les journaux. Au Saint-Siège, personne n'en parle : ça n'existe pas. J'ai reçu des consignes strictes : on ne répond à aucune sollicitation à ce sujet.

— Ils savent que nous nous connaissons ?

— Ils savent tout, même ce que tu ignores de toi-même… Es-tu avec quelqu'un ?

— Qui voudrait de moi ?

— Une Italienne.

— Elle aurait bien tort !

— Théodore, quand tu auras enterré une fois pour toutes Angélique, alors tu te berceras avec joie de toutes les illusions de l'amour. Ce jour n'est pas arrivé : tu portes encore ton alliance.

— Et l'illusion d'un bon repas bercerait-elle ton appétit ?

— Tu connais mon goût pour votre cuisine.

— Au moins aurai-je été à la hauteur de tes attentes culinaires.

— Tu as comblé toutes mes attentes sauf une, hélas.

Artémisia sourit, il l'imita, et tous deux quittèrent l'hôtel pour marcher dans Paris. Alors étudiante à l'École des Beaux-Arts de Paris, Artémisia avait appris à connaître la ville à pied. Depuis, quand elle revenait dans la « capitale du XIXe siècle », elle se déplaçait rarement autrement. On ne connaît une ville qu'à la seule force de ses jambes.

Artémisia entraîna Radot dans un restaurant du côté de la montagne Sainte-Geneviève qu'elle fréquentait autrefois, où se concevait une cuisine familiale très appréciée des clients parce qu'elle était un miroir de leurs meilleurs souvenirs d'enfance. Rien n'avait changé ; Artémisia s'en réjouit. *Le chevalier* consistait en une première pièce exiguë au rez-de-chaussée et une seconde, beaucoup plus vaste, où l'on descendait par un escalier de pierre étroit. D'une cheminée rustique, une odeur de feu de bois parfumait légèrement une cave voûtée, aux murs encombrés de toiles naïves représentant des scènes de la vie parisienne du temps de Balzac.

Artémisia constata que Théodore avait vieilli, sans s'être départi de sa nonchalance qui lui conférait cet air adolescent le faisant paraître plus jeune. Elle l'avait connu à l'âge de trente-neuf ans, il en avait à présent douze de mieux : un demi-siècle. Presque six ans s'étaient écoulés depuis leur séparation, parce qu'elle demandait alors plus qu'une simple aventure amoureuse : une vie à deux. Artémisia ne l'avait finalement pas trouvée ailleurs, cette existence familiale rêvée. Théodore, incapable à l'époque d'abandonner le souvenir obsédant de sa femme, avait refusé de céder à la tentation d'un nouveau départ, par crainte de profaner un amour rompu dans la mort. Ce fut ainsi que leur relation, pourtant exaltante pour chacun, se disloqua.

Au cours du déjeuner vint l'heure des bilans respectifs de ces six années, volontairement noircis de part et d'autre afin de se confier, pudiquement, que « c'était mieux avant », ensemble. Pendant que Radot parlait, Artémisia l'embrassa spontanément sans s'interroger sur les conséquences.

Sur l'autre rive de la Seine, place Beauvau, au ministère de l'Intérieur, l'appel du préfet du Calvados avait mis le ministre dans tous ses états, maudissant celui qu'il servait pour sa complaisance diplomatique avec le Vatican. Entouré de ses proches collaborateurs autour d'une table ovale encombrée de tasses de café et de verres d'eau, il leur assenait sa colère :

— Quinze jours ! Quinze jours qu'on m'impose de mettre les formes ! Quinze jours que je les mets ! Résultat : une autre mort, une autre lettre identique à la première ! Alors, la Sainte Trinité peut me vouer aux gémonies si ça lui chante, mais là, Messieurs, on va mettre les bouchées doubles ! Nous avons, en la petite commune de Cerisy-la-Forêt, un second « trophée » de Gimo Sala. J'utilise le pseudonyme à défaut, n'ayant pas encore le privilège de connaître son identité ; privilège que vous voudrez bien m'aider à vite connaître ! En français dans le texte, vous allez officiellement obéir et, officieusement, discrètement, mais fermement, désobéir. Débrouillez-vous comme vous voudrez, je ne veux rien connaître des moyens, je veux juste une fin ! Les faits : hier matin, vers dix heures, le moine Luc Clément a retrouvé dans l'abbatiale de Cerisy-la-Forêt le corps inerte de Gisèle Castelain, dix-neuf ans, en vacances chez des parents qui habitent la région. Ils ne se sont aperçus de sa disparation qu'à l'arrivée de la gendarmerie : ils la croyaient en train de dormir dans sa chambre ! Maintenant, je vous lis la prose du tueur : *« Savons-nous combien la chair s'abîme dans les limbes écumants du Mal ? Notre corps insane exige des nourritures viles et notre esprit, de même, se nourrit de paroles fangeuses. Ma main frappera pour édifier les âmes en déchéance et leur lever le voile de l'éternelle damnation pour leur hérésie majeure. La parole ne sera révélée que par-delà la mort aux âmes lavées du péché. Seuls les Quatre ont dit vrai. Repentez-vous.* Semper fidelis/Semper paratus. *Gimo Sala. »*

Alain Sartet prit la parole, avec son calme imperturbable habituel :

— Jusqu'où pouvons-nous être officieux ?

— Tant que ça ne se voit pas, Sartet.

— C'est presque un blanc-seing, pour rester dans la métaphore papale.

— C'en est un.

— Vous connaissez le point de vue de l'Élysée. On risque la collision. À quelques mois de la présidentielle, se mettre à dos l'électorat catholique en bousculant leur chef spirituel, ça va être coton. Étant donné vos origines, la bonne droite raciale n'hésitera pas à saisir la balle au bond. Vous y perdrez des plumes.

— Disons que je me fous éperdument de l'électorat racial et de mes plumes ! Si on me vire, j'irai à la pêche avec mon beau-père : un bon Vendéen bien catholique ! Et comme je ne me couche devant aucun dieu, je leur souhaite du courage pour me trouver la moindre trace de prosélytisme !

À l'Élysée, dans un salon rutilant de dorures et de complications décoratives baroques, assis sur un fauteuil au confort sommaire derrière un bureau ordonné, un individu imposant, portant élégamment son surpoids, tenait dans la main un téléphone : son interlocuteur venait de raccrocher. Pensif, soucieux même, il jouait avec un stylo entre ses doigts. Au-dessus de lui, une fresque rococo étalait sa douceur de vivre : une *Diane au bain*, de médiocre facture, bonne à orner de plus licencieuses maisons aujourd'hui disparues, et qui rappelait les amours de Louis XV et Madame de Pompadour dans ce même palais. Sur le bureau s'étalait une copie de lettre manuscrite.

Le chef de l'État la regardait, y concentrant toutes ses inquiétudes. Il la relut, s'attarda sur la signature, décida qu'il valait mieux laisser faire, pour le moment, de tous les côtés. Il pourrait toujours plaider l'ignorance, ça marcherait… ça avait toujours marché. Seule la réélection importait : pas de décisions intempestives. Cette place, maintenant qu'il la tenait, il ne la lâcherait que contraint par l'opinion publique, qui lui était pour l'instant majoritairement acquise, à moins d'un incident de parcours. Le papier devant lui en représentait un. Il se leva, développant une stature disposée à de hautes fonctions. Parvenu devant l'âtre, dont l'encadrement consistait en deux hercules de pierre soutenant un plateau de marbre de Carrare, et les chenets, en de délicieuses nymphes allongées chaudement près des flammes, il chiffonna et jeta la feuille dans le feu. Il ouvrit la porte, la referma après être sorti. La lettre du Pape n'avait jamais existé.

En plus de sa réélection, dont il ne profiterait pas longtemps et dans laquelle il voyait surtout un dernier trophée, il était assez croyant pour craindre de déplaire à l'Église par un scandale qui l'éclabousserait tout entière à travers le Pape. À l'heure de mourir, l'idée de Dieu se faisait en effet beaucoup plus insistante dans son esprit. Victor Villerand n'avait plus longtemps à vivre, ses médecins étaient formels. Aussi, ne voulait-il pas entrer dans le Royaume des Cieux avec le poids d'un blasphème capable de saper les fondations de l'Église, antichambre de l'Éternité, lui avait-on toujours enseigné, sa dévote épouse en tête. Cet homme à femmes, de pouvoir et d'argent se savait plein de fautes à expier. Là, il ne s'agissait plus de faute, mais d'une injure à Dieu, il en était persuadé. Dans le même temps, il souhaitait ardemment s'assurer l'éternité relative de sa mémoire terrestre et ne pas s'investir de telle sorte qu'on le désignât comme renégat de la République, autrement dit traître à la Nation. Laisser faire, en suppliant que le monde des hommes ne découvrît rien et que celui de Dieu le blanchît. Villerand se résumait à cet instant dans cette phrase de Hugo, extraite des *Misérables* : « Il y a un spectacle plus grand que la mer, c'est le ciel ; il y a un spectacle plus grand que le ciel, c'est l'intérieur de l'âme. »

Chapitre 4 – *Le Testament d'un fou*

« **M**onsieur, voici les références demandées.

— Merci infiniment. Je vais les consulter immédiatement.

— Je vous en prie, les tables sont à votre disposition. »

Le visiteur portait des lunettes rondes, était brun, le cheveu très court, de taille moyenne et chichement habillé, l'ensemble musculeux. Quand il eut déposé autour de lui ce dont il avait besoin pour son étude, il saisit un premier livre comme un rapace sa proie :

Annales du pays cancalais, tome III

Grandbé éditeur

Rennes

1912

Il feuilleta rapidement plusieurs pages pour s'arrêter net à un passage :

« Le 21 du dernier mois de 1900, tandis que la première année de notre nouveau siècle s'achevait, un curieux cambriolage se produisit rue des Tricoteuses, à l'hôtel particulier du marquis de Paramé, aristocrate fortuné, dont la famille possède une étonnante collection de bijoux. Figurez-vous pareil trésor à portée de main : quelle aubaine ! Eh bien, ledit trésor demeura en l'état sans qu'il en fût prélevé la plus petite part ! En lieu et place, le voleur brisa l'une des vitrines où étaient disposées les pièces de la collection du vieux marquis, numismate éclairé et dont les essais en la matière font autorité, pour en dérober une seule : une insignifiante pièce de cuivre à l'effigie de l'empereur Napoléon III. Le marquis s'en amusa beaucoup, d'autant qu'il s'agissait d'une contrefaçon. Philosophe, il se promit d'en retrouver une identique, car,

déclara-t-il, elle devait receler quelque pouvoir capable de rendre les voleurs idiots ! »

Traduire la malveillance qui se peignit sur la face du lecteur reviendrait à figurer l'expression « idéale » du Mal. Ses doigts blanchirent de crispation sur le rebord de la table qui sentait l'encaustique ; ils grincèrent, même, ce qui fit frissonner la bibliothécaire, levant la tête en direction du bruit et saisie immédiatement d'horreur. Elle se détourna, ferma un instant les yeux, implorant que le visiteur ne fût qu'une vision. En les rouvrant, elle constata qu'il restait assis et la regardait avec une expression infernale. Puis, la négligeant, il ouvrit le second livre qu'il avait demandé :

Docteur Émile Noir

Sept cas cliniques

Éditions Rodenbach

Bruxelles

1953

« *Hans*

Lorsque me fut confié le patient Hans Sellmann, j'exerçais à l'asile Albert 1er, où il était interné pour un quadruple meurtre – une famille voisine de son logis – et ce, sans mobile connu. Ajoutant à cela un discours incohérent auprès des enquêteurs et du juge sur quelque mission divine, une présomption de démence l'avait amené jusqu'à nous. Mais Hans ne correspondait à aucun des cas dont je m'étais occupé jusqu'alors. Il ne semblait pas à sa place et mes confrères commençaient à émettre de sérieux doutes quant à sa prétendue folie, qu'il niait lui-même en se déclarant sain de corps et d'esprit. Soupçonnant quelque géniale supercherie de sa part, mes confrères rédigèrent un rapport dans ce sens au procureur du Roi, qui demanda un examen plus approfondi, tâche qui m'incomba. Je devais déterminer s'il simulait ou non l'aliénation. Autant dire que le patient risquait la peine capitale si mon diagnostic corroborait celui de mes confrères. De ma décision dépendait la vie d'un homme.

Son passé m'était, comme à la justice belge, inconnu et je n'en appris ultérieurement que ce qu'il voulut m'en confier ; bien peu en vérité. Quoiqu'orphelin, il recevait régulièrement des colis anonymes en provenance d'Italie. Ils contenaient vêtements, ouvrages de théologie, nécessaire à aquarelle plus quelques friandises. Évidemment, tout était soigneusement fouillé avant de lui être remis, car Hans avait fait la preuve de sa violence extrême.

Hans n'était ni séducteur ni manipulateur, comme certains tueurs de sang-froid, mais il n'en exerçait pas moins une fascination à laquelle il m'arrivait de céder parfois. Le patient avait agi, pour le quadruple meurtre qu'on lui imputait, avec méthode et préméditation, le plus sereinement du monde, toutes choses qu'il reconnut sans mal au cours de nos entretiens. Il réitéra sa position en se déclarant toujours responsable de ses actes, y mettant même un point d'honneur. Je le crus, jusqu'au dernier moment.

En recevant Hans la première fois dans mon bureau, encadré par deux solides infirmiers de l'institution, il m'impressionna d'emblée : il différait entièrement de mes autres patients. Il s'assit, dans son impeccable complet gris, face à moi, me regardant avec une intensité pénétrante. Je demandai alors aux deux gaillards de sortir ; ils hésitèrent. J'insistai ; ils s'exécutèrent. Seuls, nous continuâmes à nous jauger, puis, décidant qu'il était temps de parler :

— Bonjour, Hans, je suis le docteur Noir.

— Quel est votre prénom ?

— Pourquoi souhaitez-vous le connaître ?

— Mon nom patronymique est Sellmann, vous, c'est Noir. Or, vous m'avez appelé Hans sans que je vous invite à pareille familiarité.

— Mon prénom est Émile, je suis certain que vous le saviez, Hans.

— Je voulais vous l'entendre dire. Aussi, je vous appellerai Émile comme vous m'appelez Hans. Je tiens à une égalité de traitement, car vous n'êtes, après tout, pas plus homme que moi.

— Qu'il en soit ainsi, Hans. Vous tenez à certains égards, c'est très *légitime. Vous traite-t-on avec égard ici ?*

— Relativement, si l'on considère ma situation particulière. Je ne subis ni mauvais traitements ni brimades. Ce qui est équitable, puisque de mon côté, j'obéis scrupuleusement au règlement et je ne fais rien d'insensé : j'agis toujours raisonnablement.

— Toujours ? Vous avez exécuté quatre personnes dans des conditions particulièrement barbares. Vous jugez cela sensé ?

— J'ai accompli une mission très réfléchie. Contrairement à certains de vos pensionnaires, je n'éprouve pas de plaisir déviant quand je tue.

— Une mission. Voulez-vous m'en dire plus ?

— Non.

À ce stade de l'entretien, Hans ne dit plus un mot. Après un quart d'heure de silence pesant, je le fis reconduire dans sa chambre et laissai passer quelques jours après cette première confrontation. Entre-temps, je me fis apporter les aquarelles qu'il réalisait quotidiennement : elles étaient d'une maîtrise technique parfaite et d'une originalité manifeste. Toutes illustraient un thème commun : la vie des saints. Ces aquarelles exprimaient paradoxalement une pureté inconcevable venant d'un criminel aussi convaincu de la nécessité de son crime. C'est vers cette dichotomie entre l'aquarelliste et le tueur que j'orientai notre seconde rencontre. Je pris soin, avant de le recevoir, d'étaler quelques-unes de ses œuvres face à son fauteuil afin qu'il les découvrît en s'asseyant :

— Vous allez me les rendre ?

— Elles sont importantes pour vous, Hans ?

— Question superflue : une création est importante pour son auteur. Me les restituerez-vous ?

— Vous ne peignez que ces motifs de saints ?

— Non, je relis en ce moment l'Apocalypse *; je compte en réaliser une interprétation picturale.*

— L'Apocalypse est en effet une source majeure d'inspiration. Vous devrez y trouver votre compte.*

— Mon compte ? Je parlerais plutôt de mon salut.

— Entendez-vous des injonctions, quelquefois ?

— Des voix, vous voulez dire ?

— Précisément.

— Non.

— Ces représentations, quelles sont-elles pour vous ?

— Pas de l'art. Je me sers de l'aquarelle, car j'en connais la technique, pour me représenter ce en quoi je crois. Je me figure La Vérité pour me soutenir dans ma foi. Si je savais sculpter, je sculpterais. J'emploie les dons que Dieu m'accorde pour mieux apprendre Son enseignement sans en livrer une interprétation erronée comme font les mauvais croyants.

— Votre vérité commande-t-elle toute votre vie ?

— Je n'ai pas dit « ma vérité », mais « La Vérité »... Je vais devoir subir ces pénibles entretiens encore longtemps, Émile ?

— Le temps qu'il faudra, Hans. Savez-vous pourquoi vous êtes ici et ce que vous risquez ?

— Si la guillotine doit être l'instrument de mon martyre, je m'incline avec humilité devant la volonté de mon Créateur.

— Vous aurait-il ordonné de tuer ?

— Je vous ai déjà répondu que je n'entendais pas de voix. L'exécution de ces hérétiques appartient à un grand dessein qui nous dépasse, vous et moi, certes, mais Dieu n'a pas besoin de se faire entendre de vive voix pour qu'on le comprenne.

— Cette famille était donc hérétique... De quel dessein s'agit-il ?

— Je n'en parlerai pas. Il ne m'appartient pas de vous mettre dans la confidence.

[...]

Je multipliai les séances pour aboutir à une constatation sans appel : Hans ne présentait aucun symptôme de démence. Autrement dit, sa place n'était pas à l'asile Albert 1er ; pour moi, il était responsable de ses actes. Fanatique, indiscutablement, pas fou pour autant. Considérant la loi du talion barbare et improductive, en répondant à un crime par un autre crime, je demandai, avant d'adresser mes conclusions au procureur, à revoir mon patient une dernière fois pour conforter ou infléchir mon verdict.

Hans arriva, comme à son habitude, très distingué, diffusant à chacun de ses mouvements un parfum subtil de chèvrefeuille ; il s'assit et n'attendit pas que j'entame la conversation :

— Ainsi, je vais mourir. J'ai la promesse de bientôt rencontrer Dieu, l'âme en paix de l'avoir servi avec abnégation. Je ne suis donc pas un aliéné : vous vous en êtes enfin rendu compte. Qu'importe, de toute façon, ce que l'on pense de moi : il n'est qu'un Juge pour me confondre et Lui seul me dira prochainement si j'ai agi ou non dans Son sens. Ma foi sincère me fait croire que oui.

— Quelle certitude avez-vous que je vous considère sain d'esprit ? Je n'ai encore rien dit.

— Votre regard a changé, Émile : vous ne me voyez plus comme un patient, mais comme un meurtrier. Vos yeux ont de l'éclat ; autrement dit, de la passion. C'est incompatible avec votre métier. Ce n'est plus l'aliéniste qui parle : c'est l'homme. Vous concevez à présent humainement l'horreur de mon geste et non plus cliniquement. Pourtant, vous voulez encore vous persuader de ma folie, car il vous est insupportable de détenir le pouvoir d'envoyer quelqu'un à la mort. Vous craignez peut-être de devoir un jour rendre des comptes à une Autorité que vous ne reconnaissez pas encore. Balayez d'un revers de la main cette crainte : vous êtes, bien malgré vous, l'instrument du Ciel. Il ne vous sera rien retranché si vous m'envoyez à la mort.

— Je ne crains que ma conscience, Hans, pas un hypothétique dieu en lequel j'ai bien du mal à croire.

— Pauvre esprit que celui qui se contente des apparences, la Vérité lui est cachée. Enfin, bientôt je redeviendrai poussière et mon âme se reposera à l'ombre de Dieu, c'est ce qui m'importe. J'ai fait ce que je devais faire pour notre salut à tous.

— Maintenant, voudriez-vous satisfaire ma curiosité en me livrant la *raison de votre geste meurtrier ?*

— Bien volontiers. Écoutez ceci : le matin du 21 janvier 1793, Paris allait précipiter la monarchie dans un panier, semblable à celui qui accueillera sous peu ma tête. La France révolutionnaire et mécréante se préparait donc à décapiter son roi. On ne s'occupait que de ça dans les rues crasseuses de la capitale. À l'intérieur d'une modeste masure de la rue des Dentellières se tenait une femme, la plus belle du royaume disait-on jadis, avant la folie collective de la Terreur : mademoiselle de Maison-Rouge, fille illégitime du baron de Taverney et de la jeune comtesse de Lantour. Cette demoiselle bâtarde avait, du côté de son père, une sœur et un frère chevalier qui était épris de la reine Marie-Antoinette depuis le jour où il l'escorta jusqu'à son époux, le dauphin et futur Louis XVI. Plus tard, quand les événements tragiques se succédèrent, et ayant échoué à la faire évader, il se donna la mort tandis qu'on exécutait la souveraine, recueillant sous l'échafaud le sang de la suppliciée et le mêlant au sien. Mais les enfants légitimes du baron et mademoiselle de Maison-Rouge ne se rencontrèrent jamais, malgré ses tentatives suppliantes. Ce fut donc par provocation qu'elle se fit appeler ainsi au lieu de prendre le nom de sa mère. Revenant à cette matinée tragique pour la monarchie française, Clémence de Maison-Rouge, âgée de vingt ans, modestement habillée en lavandière, quittait la rue des Dentellières, accompagnée de deux autres femmes, plus jeunes et pareillement mises. Elle tenait, serrée sous son corset, un cahier à la couverture de cuir bleu. Aussi marchait-elle avec une raideur inaccoutumée, augmentée par sa noblesse, ce qui était très identifiable alors et évidemment dangereux par ces temps de chasse à l'aristocrate. Les trois femmes parvinrent à une barrière de Paris et quittèrent la ville sans encombre, pour rejoindre un relais de poste où les attendait une charrette conduite par un valet de Clémence déguisé en paysan. Sur la route de Sens, ils furent arrêtés par une patrouille qui remontait sur Paris. La malchance voulut que leur chef ait été l'ancien métayer de sa mère. Il reconnut la jeune femme et, tandis qu'il la souillait, ses deux suivantes subirent un traitement semblable de la part de ses

hommes. Le métayer, pendant son immonde besogne, découvrit le cahier. En l'ouvrant, il se dit qu'il tenait là un secret d'État, bien qu'il fût illettré. Le pauvre diable de la charrette tenta bien de s'interposer : il reçut une balle en plein cœur. Surgirent trois cavaliers, visages et corps recouverts d'un tissu rouge, taillant dans la vermine révolutionnaire jusqu'à ce qu'il ne restât plus âme qui vive. Les deux suivantes avaient péri. Clémence de Maison-Rouge, pétrifiée par la honte d'avoir perdu sa vertu, fut transportée en un manoir égaré dans une forêt impénétrable. Là, les cavaliers se découvrirent et, oublieuse de son drame, après avoir fait disparaître les taches de sang de son agresseur maculant la couverture du cahier, elle le tendit à l'un des trois inconnus qui le recueillit à genoux. Se signant en baisant le cuir bleu, il le fit ensuite disparaître sous son vêtement et embrassa Clémence. Avec un léger accent espagnol, il s'adressa ensuite à l'un des deux autres, plus âgé que lui : « Monseigneur, mariez-nous ! » À ces mots, Clémence s'évanouit de bonheur. Au réveil, on l'apprêta et la cérémonie eut lieu sur l'heure. Clémence de Maison-Rouge devenait princesse de Montijo. Les quatre passèrent la nuit au manoir. Avant l'aube, ils fuirent en direction de l'Italie, après avoir juré de sacrifier leur vie à préserver la relique qu'ils croyaient être le Testament du Christ.

Je marquai une pause, ébahi par l'imagination soudain amphigourique de mon patient, lui jusqu'à présent si avare de mots. Je le lui signifiai ; il sourit dédaigneusement et poursuivit :

— Je continue mon histoire : la princesse, son époux, le cardinal Merisi et le duc de Lode parvinrent quelques jours plus tard à Rome pour remettre la relique au Vicaire du Christ, qui, effrayé, la fit déposer en un lieu secret, malgré les protestations du prince et de sa femme : le message christique devait essaimer sur la terre entière. Mais le Pape, heureusement, n'entendait pas divulguer un faux qui risquait d'ébranler un monde déjà mis à mal par la Révolution française. Pour lui, comme pour les vrais croyants, la parole du Christ avait été rapportée par les quatre évangélistes. Le reste n'était que dissidence apocryphe et promesse *de chaos. Face à la réaction du Pape et pressentant un risque à demeurer dans la ville éternelle, les jeunes époux et le duc de Lode quittèrent le jour même l'Italie, embarquèrent quelques jours plus tard à Bordeaux pour les Amériques. Ils y fondèrent la confrérie du Verbe incarné, au sein de laquelle on croyait enseigner la prétendue « vraie » parole de Jésus grâce à une copie du Testament réalisée par le cardinal Merisi pendant la nuit qu'ils avaient passée au manoir. D'autres exemplaires circulèrent ensuite. Quant au cardinal, il fut dépossédé de son titre et ses biens, et condamné à l'isolement dans un monastère retiré de la région des Pouilles. Plus tard, les armées de Napoléon, occupant Rome, firent main basse sur le Testament que Pie VII, par une superstition infantile, ne s'était pas résigné à détruire. Sa trace se perdit. Mais la nouvelle confrérie du Verbe incarné, croyant jusqu'alors qu'il avait été brûlé, s'assigna désormais comme mission de le retrouver et le protéger. Ce qu'elle réussit à faire. En 1823, Léon XII succéda à Pie VII ; il ordonna la création d'une brigade spéciale chargée elle aussi de retrouver le Testament et l'anéantir. Pour l'heure sans succès. Mais la foi nous aide. J'appartiens à cette brigade. Les Vandernoos détenaient une copie de ce prétendu Testament : je l'ai brûlée en même temps que j'ai tué les membres de la famille, tous instruits de ce texte hérétique, dans le but unique d'éviter l'hémorragie blasphématoire. D'autres que moi poursuivront la tâche, car elle n'est pas achevée, hélas. Semper fidelis/Semper paratus.*

— ... est-il tatoué sur votre torse ?

— Sur mon âme.

Après mes conclusions définitives, il fut décidé que Hans Sellmann resterait à l'Institution Albert 1er. Il y décéda en 1949, des suites d'une tumeur au cerveau.

Son cas est significatif d'un délire mystique où le sujet se croit investi d'une mission divine et seul capable de sauver l'humanité chancelante... »

Le lecteur referma le livre, ouvrit le troisième, n'y trouva rien qui pût l'intéresser, prit quelques notes rapides, sortit sans un mot, laissant sa table en désordre, le volume du docteur Noir en main. La bibliothécaire voulut l'empêcher de commettre son larcin, mais se ravisa, terrorisée par une arme à feu dissimulée sous une ample manche qu'il lui montra brièvement :

— Combien existe-t-il d'exemplaires de ceci ?

— … Je n'en ai aucune idée. Ne me faites pas de mal !

— Cherchez !

La jeune femme obéit, finit par trouver la réponse sur un site professionnel :

— Deux sont référencés, celui-ci y compris.

— Où ?

Elle répondit à la question, eut la vie sauve.

Deux jours plus tard, il n'existait plus d'exemplaire connu des *Sept cas cliniques* du docteur Émile Noir. Un bouquiniste parisien, spécialiste des livres rares de médecine, fut retrouvé mort dans sa boutique, et l'un des ouvrages de la Bibliothèque royale de Bruxelles était signalé manquant. La bibliothécaire, tétanisée à l'idée que le voleur pût revenir se venger si elle parlait, n'avoua jamais ce qui s'était réellement produit, et l'on ne découvrit que bien plus tard la disparition de l'ouvrage.

Chapitre 5 – *Mort d'une archiviste*

« *"Savons-nous combien la chair s'abîme dans les limbes écumants du Mal ?"* : vieille exaltation du refus des plaisirs de la chair : manger et jouir. La terre, c'est pour souffrir et expier le péché originel, rien d'autre ! *"Notre corps insane exige des nourritures viles et notre esprit, des espoirs vains."* L'espoir est une vertu théologale ; il ne peut donc être vain pour un vrai croyant. *"Ma main frappera pour édifier les âmes en déchéance et leur lever le voile de l'éternelle damnation pour cette hérésie majeure"* : il est question, comme dans la précédente missive, d'une mystérieuse hérésie qui trouverait peut-être son élucidation dans la phrase suivante : *"La parole ne sera révélée que par-delà la mort aux âmes lavées du péché. Seuls les Quatre ont dit vrai"*. Par les "Quatre", je comprends les quatre évangélistes. Le "Seuls" qui précède rappelle sentencieusement qu'ils sont les uniques dépositaires reconnus par l'Église de la parole christique. Par déduction, votre tueur chasserait une hérésie ou quelque chose dans le genre. Mais qu'est-ce qu'un gosse de cinq ans et une gamine de dix-neuf ans peuvent bien faire dans cette galère ? Vous tenez là un type délirant, Monsieur le Ministre !

— Je ne le tiens pas, Radot ; c'est bien mon problème. Si j'ajoute à cela que je suis harcelé de toute part pour me tenir tranquille, autrement dit la fermer et ne pas trop chercher là où ça fait mal, ne me croyez pas si je vous dis que je m'amuse comme un fou ! Je commence à douter que mon tueur agisse seul. Vous n'avez rien d'autre qui vous vient ? Tout ce que vous m'expliquez, je le sais déjà.

— Il y a bien cette phrase sibylline : *"La parole ne sera révélée que par-delà la mort aux âmes lavées du péché."* C'est absurde : la parole a déjà été révélée ; le Christ est venu sur Terre dans ce sens : prêcher la fameuse "bonne parole", que les apôtres et les premiers chrétiens ont relayée à travers le monde antique. Il écrit comme un messager de *l'Apocalypse*, votre bonhomme. On croirait, à le lire, que nous sommes à l'heure du Jugement dernier.

— J'ai pensé à une secte chrétienne ultra-orthodoxe, un truc dans ce goût-là. Toutes les pistes sont bonnes à explorer. L'ennui c'est qu'il ne me reste pas beaucoup de temps. On parle abondamment de remaniements ministériels, ces jours-ci. Quelque chose me dit que je vais bientôt libérer la place Beauvau. Je n'ai pas l'air assez catholique !

— Justement, je cherche quelqu'un pour m'aider : vous repassez bien les chemises ?

— Radot, soyons sérieux ! Entre nous, qu'est-ce que ça vous inspire vraiment ?

— Ce texte me fait l'effet d'avoir été écrit par un prédicateur en rupture avec la ligne officielle, comme Savonarole, précisément. Vous devriez effectivement chercher du côté des congrégations non reconnues par l'Église. Le hic, c'est le sceau papal. Pour y avoir accès, je me doute qu'il ne suffit pas de s'acheter un billet d'entrée pour les musées du Vatican ! Et "mon" Clouet, au fait !?

— Rien pour l'instant.

— Le pauvre : je suis sûr que je lui manque, à ce vieux barbu ! Pourvu qu'on le traite bien ! Plus sérieusement, c'est un bien national, ne le négligez pas. C'est officiellement impossible, mais pourrais-je avoir officieusement une copie des deux lettres, ainsi que tous les détails concernant les deux victimes ?

— Radot, j'ignore pourquoi, mon instinct me dit qu'en vous faisant confiance et en accédant à votre requête, je mise sur le bon cheval, même si je ne finirai pas la course.

— Peut-être parce que si je ne cours pas vite, au moins je la terminerai, la course.

— Sans doute, oui… Tenez, voici ce que vous m'avez demandé. »

Le ministre tendit une enveloppe kraft à son interlocuteur.

— Ah, ah ! Monsieur le Ministre avait déjà pris sa décision !

— Effectivement. Petite précision : tant que je suis ministre, silence sur ce petit arrangement ; quand je ne serai plus ministre, silence encore. En clair, pas un mot.

— Pas un mot !

— Bien, je peux partir tranquille.

Dans son appartement parisien de la rue Gerbert, Radot ne cachait pas son impatience. Il détenait beaucoup d'éléments et de leur ordonnancement dépendait, il n'en doutait pas, la solution de l'énigme. Enfin un jeu digne d'être joué ! Il posa l'enveloppe et réfléchit. Un semblant de mauvaise conscience l'effleura d'avoir dupé le ministre en lui dissimulant la lettre du duc de Morny retrouvée par son frère. Tenté d'ouvrir l'enveloppe, Radot préféra attendre d'être au *Clos de l'aurore* : il y serait plus tranquille.

Dans une maison isolée de la Seine-et-Marne, l'inconnu de la bibliothèque lisait à voix haute une liste de noms et de dates :

Princesse Clémence de Montijo

(1772-1817)

Prince Teobaldo de Montijo

(1768-1823)

Gaspard Radot

(1794-1828)

Séverin Malignac

(1812-1890)

Sylvaine Lacolombe

(1832-1905)

Guillaume Razat

(1867-1934)

Yvette Lazare
(1933-1971)
?
(1971-?)

Devant lui, une femme se trouvait immobilisée sur un fauteuil par un solide cordage, le visage tuméfié, la lèvre inférieure fendue, le cou et le haut de son chemisier maculés de sang. Marielle Letellier, soixante-huit ans, observait son agresseur avec résignation et dédain. Quoi qu'il advînt, elle ne céderait pas à la peur :

— Vous êtes à ce point ignorant que vous cherchez à détruire la voix du salut de l'humanité par excellence. Mais elle vous échappera, car l'ignorance que vous lui opposez est impuissante à la faire taire. Comme l'eau, la vérité trouve toujours son chemin, si long soit-il.

— Le démon sait fort bien se maquiller de vérité. Pourquoi vous obstiner à croire ce mensonge ? Vous allez mourir sans vous repentir : comme je vous plains ! En lieu et place de plénitude, votre éternel horizon sera fait de souffrances, Madame Letellier. Confessez-moi le nom du dernier porteur et dites-moi comment le trouver, peut-être que Dieu vous épargnera l'enfer. Vous êtes la chroniqueuse de ces suppôts du diable ; vous savez où il est !

Ceci fut exprimé avec un sifflement métallique. L'homme s'assit dans un second fauteuil, qu'il disposa à distance respectable en face de la prisonnière. Elle se tint encore plus droite et le toisa :

— Maintenant, vous allez me gratifier d'une spécialité bien de chez vous, je ne me trompe pas ?

— Vais-je continuer de vous torturer, est-ce là votre sous-jacente question ? Non, vous ne parlerez jamais, je viens de le déceler dans vos yeux. Vous êtes possédée par ce mensonge. Je me contenterai de faire mon devoir, rien de plus : vous êtes perdue pour Dieu, Madame Letellier.

— Vous associez la connaissance au Mal ; voilà bien une idée de fanatique. Laissez-moi vous rappeler que Dieu n'est pas votre propriété, ni celle de vos supérieurs. Vous en êtes encore moins le dépositaire, pauvre fou !

— Désirez-vous purifier votre âme avant de mourir ?

— Me confesser à vous ? La belle affaire ! C'est à vous de supplier le pardon de Dieu pour ce que vous tentez de détruire et qui émane directement de Lui. Je suis en paix avec mon âme depuis bien longtemps : pas vous ! La vie terrestre est une offrande dont il faut profiter, la détestation de ses plaisirs est une insulte à notre Créateur. Cela, vous ne pouvez l'accepter, l'âme pétrie de dégoût par des siècles d'endoctrinement haineux. « Bourreau, fais ton office », n'en parlons plus : je sais où je vais, pas toi !

Le tueur tira une première balle dans le cœur de Marielle Letellier, une seconde dans le front. Puis, il la délia, déposa son corps au sol. Il psalmodia ensuite une prière, puis fouilla la maison dans ses moindres recoins. Il cessa ses recherches et quitta les lieux un peu avant l'aube, telles certaines créatures extraordinaires qui n'aiment pas la lumière. Avec lui, il emportait une liasse de papiers ainsi que le corps de sa victime, abandonné plus tard là où nul ne le trouverait.

Chapitre 6 – *Dieu ou la République*

« Vous ne négocierez pas ?

— Je refuse.

— Dans ce cas, présentez-moi votre démission.

— La voici.

— Vous êtes prévoyant, Fayçal. Laissez-moi quand même vous dire que votre obstination freinera votre carrière. Ça aussi, vous vous en moquez. C'est d'ailleurs la principale raison pour laquelle je vous ai employé : vous n'êtes pas un carriériste ; vous avez toujours rempli vos fonctions avec une abnégation d'apôtre ! Remarquez, je ne m'inquiète pas trop de votre avenir. Votre talent vous ouvrira d'autres portes que celles de ma politique, pourvu que vous appreniez à composer avec les événements et que vous cessiez de considérer la vie comme une ligne droite. Toutefois, vous êtes dans la confidence. Et même en choisissant de vous écarter de l'intérêt supérieur de la Nation, vous êtes tenu au secret, Fayçal.

— Je me tais parce que j'ai une famille à protéger de ces fous de Dieu, rien de plus. Vous voyez, je ne crois pas à la thèse du tueur isolé. Et vous non plus d'ailleurs, Monsieur, j'en suis sûr. Par contre, dites-vous que le ver est dans le fruit. Mon silence n'engage pas celui des autres.

— Alors ils se frotteront à une institution plus puissante que n'importe quel État. Les gens du Vatican prennent leurs ordres d'en haut !

— Monsieur, vous admettrez cependant que je rompe avec tout ce qui me rattache…

— À moi ? Faites cela, oui. Vous n'êtes pas fait pour moi : vous ne savez pas mentir.

— Il y a des vérités assez universelles auxquelles je crois et qui ne souffrent pas le compromis.

— Fayçal, je vous regretterai ; votre sagacité me manque déjà. Allez, bon vent !

— Au revoir, Monsieur le Président. »

Le chef de l'État ne raccompagna pas son interlocuteur ; geste habituel avec ceux dont il se séparait. Seul, il respira profondément, remerciant le destin de lui donner encore satisfaction aux moments critiques de sa carrière. Il était soulagé : Fayçal Mawar ne parlerait pas et il quittait sa cour. Le Président n'aimait pas les éléments incontrôlables. C'était déjà bien assez d'avoir des événements incontrôlables !

Quelque temps plus tard, place Beauvau, l'ex-ministre de l'Intérieur préparait ses cartons quand Alain Sartet entra, les mains dans les poches, d'une désinvolture inadéquate en présence d'un supérieur.

— Vous venez m'aider à classer les dossiers, Sartet ?

— Non, je viens voir à quoi ressemble le renoncement.

— À un homme marié et père de deux enfants : je connais la définition de « Secret d'État ». Sans ma famille, je fonçais dans le tas. Là, je m'incline. Vous qui êtes un célibataire endurci, prenez la relève. Vous disposez de beaucoup d'imagination, servez-vous-en. Moi, je jette l'éponge. Ma femme préfère l'air de la province, ça tombe bien ; je retourne auprès de mes administrés boulonnais. Je suis venu, j'ai vu, j'ai été vaincu. À moins de nettoyer les institutions de haut en bas, on ne fera jamais rien de bon ici. Sartet, je viens des profondeurs. Je me suis battu contre l'évidence de mon milieu et de mes origines ; j'ai refusé les petits arrangements et j'ai la faiblesse de croire que j'ai bien mené ma barque ministérielle : avec honnêteté et impartialité. Tout ça parce que je m'en suis tenu à un seul *credo* : la République. Là, on me demande de maquiller deux crimes qui empestent l'affaire d'État. Si je mets la main dans l'engrenage, je ne pourrai plus la retirer : je me parjurerai. Je refuse, donc je m'en vais. Fin de la représentation : rideau !

— Je ne suis pas un idéaliste comme vous, mais depuis trois ans que nous travaillons ensemble, j'ai mesuré ce que pouvait être la vertu en politique. Quand d'autres auraient louvoyé, vous avez toujours maintenu le cap et fait des choix qui, sans être parfaits, ont porté leurs fruits. J'ose même dire que vous êtes le ministre que j'ai eu le plus de plaisir à servir. Il est peut-être l'heure de suivre votre enseignement et assumer mes responsabilités. Je reprends, très officieusement, l'affaire.

— Elle est à vous. Bon courage, sincèrement, Sartet. Laissez-moi seulement vous avertir que je ne veux rien savoir, jamais. J'ai tourné la page. Un conseil : entourez-vous du moins de monde possible. Les vestes, c'est comme les crêpes, dans ce ministère : on les retourne souvent ! Vous serez dans le viseur de tous parce que vous vous êtes trop frotté à moi, je ne vous apprends rien. Une dernière chose : prenez contact avec Radot, il pourra vous être utile ; mais ne le compromettez pas. Cet homme mérite le respect.

— Entendu, patron !

Le soir, Fayçal Mawar quittait définitivement le bâtiment du ministère de l'Intérieur et prenait la route de Boulogne-sur-Mer. Arrivé tard dans la nuit, il descendit jusqu'à la plage, remonta la jetée à droite du chenal pour voir passer les tankers dans l'horizon noir, reconnaissables à leurs éclairages en forme de guirlandes. Un bruit de pas, quelques minutes plus tard, le fit sursauter. Il avait à présent devant lui un cardinal en robe pourpre, d'un âge respectable : Antoine Pradel.

— Monsieur Mawar ?

— Lui-même.

— Je désire converser avec vous. Puis-je me présenter avant tout ?

— Je vous en prie, Monseigneur.

— Ça, c'est mon titre ; voici mon nom : Antoine Pradel.

— Passons au vif du sujet, afin de vous faciliter la tâche : vous venez, au nom de l'Église apostolique et romaine, m'exhorter au silence. J'ai déjà dit au représentant de la République que je ne parlerai pas : ça m'a coûté mon poste de ministre. Votre Dieu en voudrait-il plus ?

— Il ne s'est pas prononcé. Pas que je sache. Quant à moi, je ne vous exhorte à rien : votre conscience vous tient lieu de choix. Si nous marchions un peu ? L'air marin est propice à la réflexion.

— Je vous suis, Monseigneur.

— Êtes-vous croyant ?

— J'ai essayé de faire plaisir à mon père, mais la foi, c'est comme la musique : il faut la vocation. Je n'ai pas tenu. Mes enfants ont été baptisés par considération pour ma belle-famille ; ça s'arrête là. Existe-t-il un au-delà bien ou malveillant ? Je ne saurais l'affirmer. Disons que je doute.

— Je n'ai pas toujours cru, savez-vous ? Moi aussi, j'ai connu, plus jeune, les affres de la chair, de l'envie, et même de la jalousie. Et lorsque j'ai compris, tout est devenu évident, m'ôtant un poids existentiel devenu insupportable. J'ai compris que Dieu était en toute chose et qu'il serait vain de résister à Son amour. Aussi, votre doute me gêne en ce sens qu'il n'est pas un choix, qu'il ne relève pas d'un examen de conscience approfondi, qu'il est en quelque sorte une paresse. Vous m'opposerez peut-être que cela vous évite de trancher péremptoirement. Il est pourtant nécessaire de trancher parfois. Je suis, par exemple, convaincu que certains chemins mènent au salut quand d'autres sont des voies de perdition. Il faut donc emprunter sans hésitation les premiers et abandonner les seconds. Voyez-vous, le christianisme a sauvé notre civilisation du chaos engendré par la chute de l'Empire romain. Il est, par la suite, devenu le socle d'une culture dont nous goûtons, croyants ou non, aujourd'hui les fruits bénéfiques. Passons sur les crimes avérés ou fantasmés de l'Église : elle n'est faite, après tout, que d'hommes. Mais rendez-vous compte, sa disparition constituerait un cataclysme mondial dont nous aurions toutes les peines à nous relever, particulièrement avec les moyens de destruction dont les hommes disposent à présent. Aujourd'hui, l'humanité est, comme jamais auparavant dans son histoire, en mesure de s'autodétruire. Brisez les fondements de la civilisation chrétienne et ce sera notre fin à tous.

— L'élucidation de deux crimes abominables précipiterait la fin du monde ? Permettez-moi d'en douter, Monseigneur.

— Précisément, Monsieur Mawar, précisément. Une étincelle bien placée peut nous enflammer tous. Telle n'est pas la volonté de Dieu.

— Comment une aussi insignifiante épine sur la couronne de l'Église, en l'occurrence une enquête pour meurtre, saurait-elle la faire vaciller ? Je m'interroge. Y aurait-il quelque chose de pourri dans le royaume du Vatican pour que votre Église ne tienne qu'à un fil ?

— « Quelque chose » qu'il serait peut-être plus sage de nous laisser résoudre.

— La loi des hommes, quand elle est raisonnée et librement consentie, prévaut sur Terre, c'est mon credo. Un crime commis sur un territoire souverain répond à la justice dudit territoire, je m'en tiens à ça. Aucune Église ne saurait infléchir la volonté des peuples.

— Vous avez tort : Dieu a toujours structuré la loi des hommes. Il est La Loi.

— M'étant dessaisi de cette affaire en même temps que de mes fonctions ministérielles, Monseigneur, cela ne me concerne plus. Qu'attendez-vous de moi ?

— Alain Sartet a disparu avec tous les dossiers afférents à notre… affaire. Où est-il ?

— Vous êtes mieux renseigné que moi : je lui ai aujourd'hui même fait mes adieux. Je ne sais rien de plus et ne souhaite pas m'y intéresser. Dans quelques instants, je vais rentrer chez moi, retrouver ma femme et mes enfants, et redevenir le maire de la ville dès demain matin. C'est tout ce qui m'importe.

— Monsieur Mawar, en d'autres circonstances j'aurais eu un plaisir non dissimulé à vous compter parmi mes connaissances. Malheureusement, je crains qu'il nous faille nous en tenir à de respectables distances. Je devine que je ne parviendrai pas à vous convaincre de nous aider.

— Dieu et la République ne feront jamais un mariage heureux ; nous représentons, chacun, une des deux parties de cet impossible « couple ». Laissez-moi ajouter qu'il n'est aucun secret qui vaille de dissimuler à la justice un assassin d'enfants. Les intérêts supérieurs me laissent froid : seul celui d'un peuple éduqué m'importe.

— Dans ce cas, quittons-nous là. N'oubliez cependant pas que si nous, les hommes de Dieu, répugnons à verser le sang, il nous est arrivé de le faire. Nous le ferons encore si le salut de l'homme en dépend.

— Le salut a de multiples visages, précisément parce que chacun veut imposer le sien.

— Au revoir, Monsieur Mawar.

— Au revoir, Monseigneur.

Le cardinal Pradel, contrarié, fit craquer nerveusement ses phalanges et s'en retourna sans un mot, abandonnant son interlocuteur aux ténèbres de la mer. Au bout de la jetée, son chauffeur l'attendait. L'imposant véhicule démarra. Mawar attendit que la voiture du prélat disparaisse pour rentrer chez lui dans la haute ville. Le dôme de la cathédrale Notre-Dame était éclairé de l'intérieur ; il ressemblait à un phare protecteur. Sur le perron de sa demeure cossue, une femme l'accueillit.

— Les enfants dorment ?

— À ton avis ?

— Tu ne serais pas là, bonne mère que tu es. Ça fait longtemps que tu m'attends ?

— Qui te dit que c'est toi que j'attends, petit présomptueux ?

— Parce que madame Mawar attend toujours son mari : c'est une épouse exemplaire ! Rassure-toi, tu n'auras plus à le faire.

— Rentrons et ferme la porte.

Madame Laurence Mawar s'accrocha, légère, au bras de son mari. Elle l'avait en effet attendu une heure. Il raconta son entrevue avec le prélat. Son épouse s'abstint du moindre commentaire, en femme d'homme politique expérimentée. À l'aube, le regardant comme s'il s'était agi de leur première nuit, elle comprit que son choix avait été le meilleur, malgré les réticences de ses parents, vite dissipées par l'exemplarité de leur gendre. Treize années sans écueils ; quelques cahots, rien de plus. Malgré une sombre loi du destin qui se fait un devoir de contrarier la « monotone » stabilité du bonheur, ce couple durerait jusqu'à ce qu'un des deux s'en aille vers de plus célestes destinées.

Chapitre 7 – *Jules Trass*

Un attroupement mondain attendait les festivités, entouré à distance respectable d'un traditionnel cortège de flatteurs. Des voitures luxueuses encombraient l'avenue Winston-Churchill, tandis qu'en sortaient tenues, accessoires et parures à la dernière mode, du plus sobre au plus criard. Il faisait nuit. Autour du Grand Palais, une débauche d'éclairages donnait l'impression d'un gigantesque feu d'artifice, accentuée par les flashes crépitant en direction de la masse des invités. Entre les deux rives, le pont Alexandre III, la plus bourgeoise « passerelle » de la Seine parisienne, nageait dans son élément : un déluge d'opulence.

En haut des marches, se tenait un être spectral en noir, entouré d'une garde prétorienne particulièrement vigilante à ce que nul ne s'approchât trop près de lui ; à sa droite, le commissaire de l'exposition et à sa gauche, dans un tailleur strict qui augmentait son charme romain, Artémisia Villani. Elle répondait par intermittence aux sourires de Théodore Radot, en retrait.

La berline du chef de l'État arriva en retard pour signifier à chacun qui il était. Il descendit et l'assemblée put observer à loisir les salutations chaleureuses que lui adressa le camerlingue, après un mot murmuré à l'oreille de ce dernier : « Mon ministre de l'Intérieur a démissionné. » On entra enfin en passant sous une monumentale affiche couvrant la façade du palais : un cliché de l'*Apollon du Belvédère* sur fond blanc.

L'exposition emporta l'adhésion générale, provoquant parfois des cris d'admiration extatique surjoués, comme il se doit en pareille société. Cela promettait d'être un succès. Le service de communication du Saint-Siège disait vrai : les œuvres exposées dans les salles comptaient parmi les plus illustres des collections vaticanes. Alors que les yeux se gorgeaient d'œuvres d'art connues du monde entier, un conseiller présidentiel s'approcha de Villerand :

— Sartet est introuvable.

— Plus tard, coupa-t-il sèchement en regardant ailleurs.

Le conseiller se retira. La mine du chef de l'État s'assombrit. Le camerlingue, à l'affût, le remarqua aussitôt. La visite se poursuivit, à laquelle succéda un dîner en comité réduit dans une salle d'apparat de l'Élysée où une longue table avait été dressée. Tard dans la soirée, le chef de l'État et quelques hommes se retirèrent, laissant le soin à la Première Dame de tenir compagnie au reste des invités. Ils s'enfermèrent dans un boudoir réaménagé en salon. Le Président parla le premier :

— Nous avons un problème, Monseigneur. Un fonctionnaire de l'Intérieur très au fait de notre affaire manque à l'appel : Alain Sartet. C'est un être retors qui, d'après nos informations, a l'intention de faire cavalier seul. Je tenais à vous en informer. Mais entendons-nous bien, Monseigneur : Sartet doit rester vivant. Surveillez-le tant que vous voudrez, mais pas une égratignure. Par ailleurs, j'ai appris que le cardinal Pradel avait importuné mon ancien ministre de l'Intérieur, Fayçal Mawar. Je n'apprécie pas du tout ces sortes d'initiatives. Désormais, j'exige d'être instruit de toutes vos démarches sur le sol français. Je vous laisse relativement libre de poursuivre vos investigations en contenant mes troupes et en ne posant pas trop de questions sur ce que vous cherchez, à cette seule condition. Tels ont été et demeurent les termes de notre accord, Monseigneur. Enfin, pour les meurtres qui, je veux encore le croire, ne concernent pas vos investigations, je réclame la tête de votre brebis galeuse meurtrière : identifiez-la et éliminez-la. Je respecte l'autorité de l'Église, mais j'entends que mon autorité ne soit pas discutée sur ce sol !

— Veuillez excuser notre audace déplacée, Monsieur le Président. Cela ne se reproduira plus, je vous en fais le serment au nom de Sa Sainteté. De même, ayez l'assurance que le coupable des meurtres de ces enfants sera châtié comme il le mérite dès que nous aurons connaissance de son identité. Quant à votre homme, nous ne lui nuirons pas : il ne se rendra même pas compte de notre présence. Maintenant, ce Sartet, qui est-il ?

— Un professionnel rompu à tout, intervint le responsable de la Sécurité intérieure, Raymond Bouchard. Je l'ai formé moi-même et je dois avouer que je n'ai pas encore rencontré son égal.

— Fâcheux… Que sait-il, précisément ?

— Tout ce que Mawar sait, vous pouvez me croire. Sartet conserve au-dessus de son bureau un tirage photo original d'Edgar Hoover, le fondateur du FBI. Je vous laisse imaginer pourquoi ! Disons qu'il se renseigne très bien !

— Vous l'avez formé, me dites-vous. Vous devez bien le connaître, Monsieur ?

— Colonel Bouchard, Monseigneur. Ma connaissance de l'animal ne m'aidera pas à le débusquer : il est resté un homme de terrain, pas moi.

— Où habite-t-il ? A-t-il des proches ?

— Il n'est pas rentré à son domicile que nous faisons surveiller jour et nuit, et il ne le fera pas. Je ne lui connais qu'une fréquentation : la duchesse de Galénaïs, sa protectrice. Elle ignore tout de ses agissements, inutile de l'importuner. D'autant que ce n'est pas n'importe qui : Madame de Galénaïs a reçu les hommages de bien plus de personnalités que nous tous ici réunis. Pour revenir à Sartet, il est une ombre qui peut facilement disparaître sans laisser de traces. Écoutez plutôt : un jour, un type qui s'ennuyait a engagé la conversation avec moi dans un restaurant. Nous avons parlé de tout et de rien pendant plus d'une heure. Au moment de nous séparer, il se démasqua : c'était Sartet. Il était parvenu à maquiller jusqu'à sa voix. C'est à moi qu'il a fait le coup, autant dire un expert, Monseigneur.

— Monsieur Bouchard, vous êtes un fervent chrétien ; dans le cas contraire, vous ne seriez pas là, je fais confiance au Président pour ça. Je vous demande instamment de retrouver Sartet. Transmettez-lui notre plus vif désir de lui parler. Je vous en prie au nom de Notre Seigneur.

— Je sers depuis toujours l'Église, Monseigneur. La question est : comment faire ?

— Que sais-je, contactez le ministre ; ils se rencontreront peut-être.

— Je connais mon ministre, interrompit le Président. Il m'a donné sa parole qu'il n'entreprendrait rien qui contrevînt à mes décisions. Il n'a qu'une parole : Sartet le sait autant que moi et il ne s'en approchera pas. Toutefois, j'autorise la cellule du colonel Bouchard à enquêter, discrètement, cela va sans dire. Mais ne perdez pas de vue l'autre volet de vos investigations : un de vos sujets massacre allègrement des enfants français sur le sol national et je veux sa tête. J'ai pris de considérables risques, vous le savez : la rétention d'informations dans une enquête pour meurtre, ça coûte cher chez nous, même pour un président ! Nos juges ont le génie des rats dans ce pays : ils trouvent toujours le moyen de se nourrir ! Dépêchez-vous de faire le ménage, Monseigneur. Cette histoire ne sent bon pour aucun de nous.

— Je comprends la délicatesse de votre position, Monsieur le Président. Cependant, je me dois de rappeler qu'il y va de l'intérêt de notre civilisation (donc, de notre salut) de mettre la main sur ce parchemin. Souvenez-vous-en.

— Ce qui pourrait me coûter ma carrière et ma liberté. Vous connaissez ma fidélité à l'Église que je sers depuis toujours. Aussi, je n'excite pas ma curiosité sur le contenu de ce parchemin qui semble vous effrayer au point d'ébranler toute votre institution : je vous fais confiance. Alors, de votre côté, ayez le souci de vos serviteurs.

— Le Pape mesure les sacrifices auxquels vous consentez ; il vous bénit de l'aider dans sa sainte mission.

— Ah, si les bénitiers étaient des urnes ! Bien, Messieurs, retournons au salon. Notre absence risque d'éveiller des curiosités malsaines.

À l'hôtel des Trois-Fois, Théodore Radot tenait un verre de Saumur dans une main et l'extrémité de la chevelure d'Artémisia dans l'autre, qui coulait entre ses doigts comme du sable noir. Ils avaient quitté, soulagés, le tumulte du Grand Palais. Le camerlingue avait sommairement remercié l'attachée culturelle pour sa collaboration : ses obligations s'achevaient là.

— Tu te plais à Rome ?

— Assez pour ne pas y être malheureuse, pas assez pour être heureuse. Et toi, à Chantilly ?

— Il y a de la pierre, des tableaux, des arbres, ça me va. Mais chez moi, c'est au *Clos de l'aurore*.

— Je voudrais le revoir.

— Le camerlingue t'a donné si « élégamment » ton congé que tu es libre d'aller et venir, désormais. Partons demain.

— Je me serais dispensée de sa permission dans le cas contraire, tu me connais ! Si nous y allions cette nuit ? Tu n'as bu que deux verres et moi, un seul.

— Pareille proposition ne souffre pas de refus : en voiture !

Ils récupérèrent les valises d'Artémisia, ses effets précipités en désordre à l'intérieur, arrivèrent tôt le matin en Bretagne et s'offrirent un lever de soleil qui commença par rougir les côtes de la Manche, à droite, puis le mont Saint-Michel, au milieu, enfin tout l'horizon. Vers une heure de l'après-midi, Artémisia prévint le secrétaire du camerlingue qu'elle rentrerait à Rome par ses propres moyens. Une voix derrière répondit : « Qu'elle aille où bon lui semble, elle n'est pas des nôtres. » Artémisia, malgré la distance, l'entendit.

— Quel homme impénétrable que ce camerlingue ! dit-elle en raccrochant. Et tu ne connais pas son maître : le feu de la haine dans un corps froid comme la mort ! Quand il parle, j'ai les mêmes frissons qu'en entendant grincer la craie sur le tableau. Lorsque le Sacré Collège a élu le cardinal Juan-Batista Escurial à la fonction suprême, la nuit est tombée sur la chrétienté. Innocent XIV, depuis moins de deux ans qu'il règne, exerce un pouvoir despotique : il n'a plus de conseillers, mais des exécutants de sa doctrine implacable. Effacé l'élan d'ouverture et de tolérance de Vatican II : nous voilà revenus aux temps de la Contre-Réforme, le goût de l'art en moins. Il paraît qu'il déteste la « lascivité » des Sibylles de Michel-Ange dans la chapelle Sixtine !

— Dire que son règne se poursuivra tant qu'il vivra ! Les mandats limités, ça a tout de même du bon.

— Tu as raison : il ne craint pas de perdre une élection, lui. Et il est encore jeune pour la fonction : soixante-sept ans. Pour l'instant, il se chauffe la voix. Le pire est à venir !

— Tu l'as souvent rencontré ?

— Une seule fois. Ayant été détachée au service du camerlingue et sa suite par mon ministère en tant que francophone confirmée, il m'a reçue et observée avec dédain avant de prononcer une phrase que je n'oublierai jamais : « Nous avons lu vos états de service et étudié votre vie. Vos mœurs, quoique dignes des temps, sont supportables pour la mission qui vous est confiée. Nous consentons donc à nous adjoindre vos services. Tâchez cependant de ne pas oublier que, le temps de votre affectation, vous servez Dieu. » Il est ensuite sorti sans m'offrir de lui répondre. Il ne parle qu'à la première personne du pluriel. C'est un pape d'un autre âge, égaré dans un monde qui le dégoûte.

— Pourquoi le Vatican n'a-t-il pas dépêché un attaché culturel bien de chez lui ?

— Si le Vatican possède ces trésors, il n'a pas le loisir de les sortir d'Italie sans l'autorisation de mon gouvernement. D'où ma présence. Le projet de l'exposition date d'avant l'élection d'Innocent XIV. La mort soudaine de son prédécesseur en a retardé l'exécution. Il a d'abord jugé le projet superflu – c'est un iconoclaste –, jusqu'à ce qu'un de ses cardinaux lui suggère que ce serait une formidable vitrine : exposer dans quelques villes choisies ce que l'Église inspire de sublime aux artistes ; avec le prêt d'une poignée d'œuvres antiques pour donner le change à l'Occident païen : œuvres qu'il détruirait volontiers s'il en avait le pouvoir. L'état-major du camerlingue m'a cependant expressément demandé d'être transparente, voire inexistante : j'ai des formes pécheresses !

— Je sais !

Artémisia, épuisée par l'air marin et le trouble d'avoir retrouvé Radot, s'endormit. Il descendit dans son bureau, ouvrit l'enveloppe du ministre de l'Intérieur, dont il ne s'était plus soucié. Dedans, deux fines chemises distinctes renfermaient des documents. Il commença par ouvrir le dossier « FERNANDO GARCIA ». Puis vint celui de « GISÈLE CASTELAIN ». Après les avoir épluchés, il appela Mawar, dont il avait conservé les coordonnées.

— Monsieur le Ministre ?

— Je ne suis plus ministre, Monsieur le Conservateur.

— Ah, oui, je l'ai lu, c'est vrai. Je ne vous appelle pas pour vous adresser mes condoléances, de toute façon. Pour autre chose. En fait…

— Je vous arrête. Si cela concerne une affaire en cours, je ne souhaite pas poursuivre.

— Je comprends. Pourtant, vous allez devoir m'écouter.

— Radot, je vous répète que je ne suis pas intéressé, ni ma femme ni mes enfants. À nouveau maire de Boulogne-sur-Mer, je n'en demande pas plus. Il va falloir m'oublier et voir avec d'autres que cela intéresse.

— … Vous avez peut-être raison. Au revoir, Monsieur Mawar.

— Au revoir.

Radot savait reconnaître la peur dans la voix d'un homme. Il rumina sa frustration, parcourut du nord au sud et d'est en ouest les murs de son bureau, arrêté à chaque fois par des rayonnages pleins de tranches de livres disparates. Persévérant, il ne se résignait pas à laisser en l'état un puzzle dont il était convaincu que les pièces, une fois assemblées, révéleraient, comme le papier photosensible, une image nette. Il fut interrompu par un message sur son téléphone : « *Lola, femme blonde de 1,68 m et de 49 ans, habitant le département de l'Orne, cherche homme pour nuits sans lendemain.* » Ce n'était pas le moment ! La faute à qui, sinon à celui qui s'était inscrit quelques mois auparavant sur un site de rencontres « éphémères » auxquelles il avait répondu favorablement deux fois qui s'étaient soldées par deux fiascos !

Il relut une fois l'annonce avec un sourire hautain, car il avait depuis lors fait l'amour avec Artémisia, ce qui le comblait outre mesure. Il cessa soudain de sourire. Il a déjà été démontré combien Théodore Radot avait l'esprit vif et toujours en alerte :

— Ce serait prodigieux d'ingéniosité ! Une feuille, vite ! Voyons un peu : cette femme s'appelle Lola, elle mesure 1,68 m, belle taille ! Elle a 49 ans, encore verte pour une blonde ! Elle habite l'Orne, département 61… L.O.L.A : LOngitude : 1.68 /LAtitutde : 49.61.

Il alluma son ordinateur, s'impatienta de sa lenteur à démarrer, entra dans un programme les coordonnées et lut : « *Le Village de la Judée, commune du département de la Manche* ». À l'excitation de la découverte succéda l'inquiétude de l'inconnu, parce que ce n'était sûrement pas une femme en quête d'amant qui lui donnait un rendez-vous ! Radot pouvait encore choisir d'en rester là ou suivre son instinct aventureux, fort sollicité ces derniers jours. On cherchait à le rencontrer, ça ne faisait pas de doute : il irait.

— La vie ne vaut que si elle est vécue ! conclut-il.

À sept heures du soir, il quittait le *Clos de l'aurore*, ayant embrassé Artémisia en lui promettant de revenir sous peu. Artémisia ne lui tint pas rigueur de son absence momentanée, d'autant que Mathilde et Carole-Anne arriveraient dans la soirée.

Le trajet fut court : moins d'une heure. Dans l'anonyme Village de la Judée, pressé entre deux alignements de champs, Radot réprima un soupir d'appréhension, entre crainte et excitation. Il coupa le contact de la voiture et marcha. Il n'y avait personne dehors. Aussi, préjugea-t-il que la silhouette qui s'avançait lui était destinée :

— Pas trop déçu ? Je n'allais quand même pas me teindre en blonde !

— Alain Sartet, quelle surprise ! Je vous croyais plus… discipliné.

— Moi aussi. Que voulez-vous, à force d'obéir à des décisions iniques, on se révolte ; contre soi d'abord, sa hiérarchie ensuite. La raison d'État prévaut tant qu'elle ne déraisonne pas. Vous vouliez donc en savoir plus, me suis-je laissé dire par quelque connaissance commune. Mais ce sera à condition de m'en raconter plus. Vous semblez vous aussi très instruit de cette affaire. N'ayez pas l'air étonné, Théodore, c'est mon métier de deviner ce qui est caché. Vous fouinez, je fouine, fouinons ensemble ! Je confesse aussi que mon ex-patron vous a beaucoup recommandé à moi ! Allons-y, il fait frais ce soir.

Sartet introduisit Radot dans une vieille bicoque de plain-pied où, dans la pièce principale, crépitait un bon feu, devant deux confortables fauteuils et une table basse encombrée d'une bouteille de cognac. Les deux hommes s'installèrent :

— Mon vice, dit l'hôte en servant deux verres du breuvage.

— Bien coûteux vice en vérité : 1889 ! Une grande année érotique : l'inauguration de la Tour Eiffel, ce bas résille de fer, et l'ouverture du Moulin Rouge ! Quant à affirmer que le centenaire de la Révolution française fut très excitant, il faudra que je me penche sur la question avant de me prononcer.

— Il est des vices bien moins assassins que certaines prétendues vertus ! Assez de bavardages ! Entamons plutôt les réjouissances, vous êtes là pour ça. Voici ce que je peux dire : l'écriture des deux lettres retrouvées respectivement sur les corps de Fernando et Gisèle a été authentifiée avec certitude comme étant celle de Jules II : graphologues et historiens sont formels. Vous et moi ne nous avancerons pas trop en certifiant qu'il n'est pas coupable des deux meurtres : le « brave » homme repose tranquille depuis une bonne poignée de siècles !

— Depuis 1513 en fait, dans la basilique Saint-Pierre de Rome, malgré la croyance populaire qui situe sa tombe à Saint-Pierre-aux-Liens, où se trouve en fait son tombeau édifié par Michel-Ange, loin du monumental projet initial, mais qui n'en est pas moins un chef-d'œuvre. Je pense notamment à cet exceptionnel *Moïse* exécuté par le maître de la Renaissance.

— Continuons. J'avance que notre tueur est un génie de la falsification graphologique : tous se sont inclinés devant son talent. C'est un faux parfait. Hélas, il a d'autres savoir-faire dont deux gosses se seraient volontiers passés ! Pour réaliser une pareille copie, il faut avoir eu accès aux manuscrits originaux du pontife, quasiment tous dans la bibliothèque du Vatican où il est aussi facile d'entrer que de passer devant le Cerbère pour pénétrer dans les enfers ! De simples fac-similés ne lui auraient pas permis d'approcher toutes les nuances de l'écriture de Jules II. Preuve, s'il en fallait encore une, que l'homme a ses entrées dans la cité papale. Le choix de ce pape, plus connu pour ses vertus guerrières que religieuses, n'est peut-être pas anodin. Ajoutons à cela l'acronyme de Savonarole et nous pouvons légitimement supposer que notre homme est un fanatique religieux menant sa guerre sainte. Passons au sceau : il est évident que, pour l'escamoter, il a fallu avoir librement accès aux appartements du Pape, qui bénéficie d'une garde rapprochée capable de rendre jaloux le président des États-Unis ! Le mode opératoire des meurtres, maintenant : rien de commun entre l'un et l'autre. La première victime a été torturée, la seconde, abattue sans subir de sévices *ante mortem*. On écarte a priori le tueur en série et sa traditionnelle ritualisation, malgré les deux lettres retrouvées, m'objecterez-vous. Je vous répondrai que l'attitude du Vatican dans notre affaire confirme mes doutes d'un acte, sinon concerté, au moins connu des autorités pontificales : le tueur a, à mon avis, agi sur commande et peut-être péché par excès de zèle. Suivant mon hypothèse, le petit Fernando a été martyrisé dans le but d'obtenir un renseignement crucial ; Gisèle avait, quant à elle, en sa possession un objet que son assassin recherchait ardemment ; il était donc inutile de la supplicier : une « simple » exécution suffisait après avoir récupéré ledit objet qui, d'après les dépositions de ses parents, serait une trousse de broderie qui contenait son matériel ainsi qu'une Bible et un chapelet, lequel se transmet dans sa famille depuis des générations. Mes recherches n'ont pour l'instant rien donné mais je suis prêt à parier que ce chapelet aurait des choses à nous dire. « Votre » tableau, maintenant : *Odet de Coligny*, par François Clouet. Pourquoi l'avoir volé ? Là, je sèche. J'apprécierais que vous me rapportiez tout ce que vous pourrez glaner à son sujet. Cette toile est une des clés de notre énigme, j'en suis convaincu.

— Entendu. Mais tout de suite, il n'y pas grand-chose qui me vient, sinon des informations que vous devez déjà connaître.

— Je poursuis. Aucune effraction constatée au musée : pour déposer le corps du gamin et soustraire le tableau, le tueur a bénéficié obligatoirement de complicités parmi le personnel, ou c'est Houdini ressuscité ! Tous les employés ont produit des alibis que j'ai pris soin de vérifier. Là aussi je bloquais quand, par hasard, j'ai croisé dans la rue un couple avec ses deux filles : des jumelles parfaitement identiques. Des jumeaux ! J'avais trouvé ! Vous connaissez Nestor Trass, je présume.

— Vous présumez bien.

— Il a justement un jumeau, pareil en tout point : Jules, qui s'appelle comme un pape dont, s'il s'agit bien de notre homme, il imite divinement l'écriture ! Nestor était sur place le soir du meurtre. Son innocence ne fait aucun doute puisqu'il est demeuré plus de dix heures au château tandis que la mort du petit Fernando remontait à six heures avant la découverte du corps. Par contre, son boulot chez vous le fait se déplacer souvent. Puisqu'il va et vient, on peut très bien le voir en deux endroits différents sans faire attention à l'heure précise à laquelle on le voit : ce n'est pas le genre de détail qu'on retient d'un collègue de travail, sauf quand il arrive en retard ou part trop tôt du boulot ! Vous me suivez ?

— À peu près.

— Son jumeau a pu tromper la vigilance de tous. Jules Trass est, c'est ma conviction, l'assassin de Fernando et Gisèle ; introuvable depuis les deux meurtres, bien entendu. Ce n'est pas faute de l'avoir cherché. Votre employé Nestor vous a-t-il confié qu'il a été cambriolé ?

— Oui, il y a moins d'une semaine.

— C'était moi. Il a bien fallu que je donne le change en lui volant son appareil photo et de l'argent. Par contre, il n'a pas dû remarquer la disparition d'un courrier écrit de la main de son frère. Ce qu'il contenait : des banalités théologiques. C'est surtout la petite phrase latine au-dessus de la signature qui a attiré mon attention…

— *Semper fidelis/Semper paratus ?*

— En effet.

— Ce Jules, pensez-vous qu'il va avaler le coup du cambriolage ?

— J'espère que non. Comme ça, il se saura traqué et commettra des erreurs. C'est là que nous le coincerons.

— Qui ça, « nous » ?

— Vous et moi : ne me faites pas croire que tout ça ne vous stimule pas ! De votre côté ?

— Je me suis effectivement stimulé !

Radot raconta dans tous ses détails le récit de son frère et leurs divergentes interprétations telles qu'elles furent rapportées au *Clos de l'aurore*. Il n'omit pas non plus l'existence de la lettre du duc de Morny qu'il récita de mémoire. Au lieu de lire de la stupéfaction sur le visage de son interlocuteur, il y discerna une satisfaction manifeste :

— Je me doutais que tout cela relevait de quelque chose de « grand » ! Enfin un défi à ma mesure ! Un autre verre ?

— Volontiers. Il manque pourtant l'essentiel : nous ne savons pas quoi chercher. Pire que ça, vous m'offrez du cognac sans cigare !

Chapitre 8 – *Innocent XIV*

« Très Saint-Père, notre agent explore toutes les pistes. Mais la tâche est ardue et nous n'avons toujours rien de précis.

— Persévérez, mon ami, Dieu le commande. Nous affrontons un péril plus dévastateur et insidieux que les hordes d'Attila ou du Croissant. Ce fléau, qui ressurgit régulièrement comme autrefois la peste, est inspiré par le Mal absolu. Hélas, nous vivons dans des temps troublés : une infime rumeur suffit à faire trembler les fondations de notre sainte institution. Imaginez ce qu'il adviendrait si cela était connu du monde entier ! J'ai toute confiance en vous, Louis, pour déraciner le Mal des entrailles de la Terre. Nous avons de grands desseins pour l'Église, et ce maudit parchemin les menace.

— Comment agir librement maintenant que le président français m'a adressé un ultimatum ? Il ne veut plus d'incidents sur son territoire et la tête de Jules, sous peine de nous empêcher de poursuivre. Il commence à avoir des doutes sur ses liens avec notre enquête et ne semble plus croire la thèse d'un tueur isolé que nous lui avons vendue. Et nous savons presque avec certitude que le texte se trouve dans ce pays.

— Le sombre ignorant : Dieu est partout chez lui ! Toutefois, il nous faut être prudents, vous avez raison. Commandez à Jules de faire preuve d'une plus grande discrétion et sermonnez-le pour ses extravagances. Maintenant, laissez-moi seul, je vais prier, mon fidèle Louis.

— Dieu vous ait en Sa Sainte Garde, Votre Sainteté. »

Innocent XIV pria seul, couché sur le ventre au pied de l'autel et face contre terre, sous le *Jugement dernier* de Michel-Ange, qu'il affectionnait particulièrement malgré son aversion pour l'art.

Proche du pape Jean-Paul II dès 1978, le cardinal Juan-Batista Escurial, à force d'alliances et de persuasion mystique, s'assit un jour sur le trône de saint Pierre, mis là par un conclave quasi unanime. Devenu souverain pontife, il édicta sa doctrine inflexible, sans souci de son époque. La jouissance constituait un crime, la souffrance et le repentir, des vertus.

Innocent XIV était en ce moment pris d'une terreur jouissive en sentant la main gauche impérieuse du Christ accablant les âmes damnées sous l'œil satisfait de Minos. Obsédé par le châtiment, il ne montait jamais vers le plafond de l'artiste florentin : des chairs trop généreuses y attisaient son courroux. Tout son être était essentiellement pénitent. Ainsi disposé, il régnait potentiellement sur plus d'un milliard d'âmes auxquelles il donnait ouvertement cet exemple de contrition fanatique.

Sa haine des plaisirs terrestres remontait à sa prime jeunesse. Élevé dans une famille aisée et progressiste de Madrid, Juan-Batista Escurial n'était pas prédisposé à la curie. Il entra en religion comme on entre en guerre : il entendait lutter contre le péché, qu'il décelait à peu près partout. À l'époque, en Espagne, tout ce qui relevait de l'ordre moral avait bonne presse ; sa ferveur particulière plut. Il rencontra le Caudillo[1] à plusieurs reprises, qui lui prédit un avenir grandiose... Il ne s'était pas trompé ! Escurial accomplit patiemment son ascension dans la hiérarchie ecclésiale, jusqu'à ce matin de septembre où il devint Innocent XIV, le 266e pape. Effrayée par une civilisation chrétienne en errance, la curie hissa au sommet de l'État pontifical le plus extrémiste des cardinaux éligibles. L'Église redevint le temple de la faute

---

[1] Le « Guide » : Francisco Franco, chef d'État et dictateur espagnol de 1939 à 1975.

originelle. Nonobstant ce que d'aucuns appelaient une régression, un vent nouveau de ferveur religieuse accompagna ce retour à l'« orthodoxie » catholique. Au lieu d'être massivement fustigé, Innocent XIV eut une influence comparable à celle de son mentor, Jean-Paul II.

Désormais, adorant Dieu dans la crainte plus que dans l'amour traditionnel, le Saint-Siège s'offrait une cure de repentir. Vatican II avait vécu. Mais ce virage idéologique n'eût rien été sans l'appui d'une logistique imparable, rompue à tous les medias et orchestrée par le plus zélé serviteur du Pape : le camerlingue Louis Leclairvaux.

Pendant que le Pape priait, le cardinal Leclairvaux traversait les jardins du Vatican pour rejoindre un palais annexe. En entrant, il fut introduit dans une pièce luxueuse où l'attendait un homme qui se leva précipitamment et s'agenouilla. Après avoir baisé l'anneau cardinalice, il s'assit à nouveau, invité par le camerlingue :

— Dieu vous bénisse, Jules.

En entendant son prénom dans cette bouche vénérée, Trass se sentit imprégné de grâce, malgré les réprimandes qui ne manqueraient pas. Son catholicisme exacerbé trouvait en Louis Leclairvaux un modèle à suivre. Celui-ci l'avait enrôlé et formé après que le cardinal Pradel le lui avait présenté. Désormais, c'était le soldat le plus dévoué de la brigade et, ce qui comblait les vanités intellectuelles de son maître, le plus érudit. S'il s'accordait quelques « extravagances », suivant le « bon mot » du Pape, il accomplissait avec dévouement les basses besognes du Vatican. Cependant, jamais il n'avait été question de tuer Fernando Garcia et Gisèle Castelain en haut lieu. Jules avait voulu bien faire et il en avait trop fait. Le camerlingue le sermonna : Jules se fit sérieusement « gronder » pour l'ours en peluche déposé sur le corps du petit garçon ainsi que son « infantile » éviscération ! Quant à Gisèle, si le crime était plus supportable, il n'en était pas moins grave. Jules devait faire acte de repentance ! Il eut droit tout de même à quelques compliments :

— Vous avez dans l'ensemble très bien agi, Jules ; mais le chemin est long qui mène à notre salut. Le Saint-Père me fait dire qu'il vous a en grande estime et vous encourage à poursuivre la mission que vous commande le Tout-Puissant. Mais il est impératif que vous soyez le plus discret possible : vous nous perdriez ! Vos « mises en scène » à Chantilly et Cerisy, je vous le répète, ont alarmé le Saint-Père : ne cédez pas aux instances du démon, Jules. Agissez avec la froide résignation de l'homme de devoir, rien de plus. Vous avez de même été bien mal inspiré par ces sentences déposées sur les corps de vos victimes, imitant l'écriture d'un pape que le Saint-Père ne tient certes pas en grande estime, mais qui ne méritait pas un tel traitement. Pire, vous avez outragé la mémoire de notre bienheureux frère Jérôme Savonarole, que Sa Sainteté révère, vous ne l'ignorez pas. Enfin, vous avez dérobé des biens qui ne vous appartenaient pas : papier à lettres, enveloppes et cachets, propriété du Saint-Père, qui vous pardonne pourtant ce larcin. Le vol est un grave péché, Jules, quoique vous vous soyez amendé en me restituant tout cela. Faites acte de contrition, Jules, et retrouvez la voie de la raison que vous avez failli perdre jadis, n'était l'intervention salutaire du cardinal Pradel, qui vous accueillit comme un fils.

— … Je sais tout cela, Monseigneur, et je me repens sincèrement. Quand pourrai-je rencontrer Sa Sainteté ?

— Patience, mon fils. Nous devons agir avec prudence tant que notre mission n'est pas achevée. Il serait dangereux pour le moment que vous rencontriez le Saint-Père.

— Oui, Monseigneur, je prends conscience d'avoir commis le péché d'orgueil en voulant faire plus qu'il m'était demandé. Je m'en repens. Désormais, je me conformerai à votre commandement.

— Le voici : poursuivez votre tâche. Elle vous sera comptée plus tard, vous le savez. À présent, instruisez-moi de vos progrès.

— Nos ennemis se méfient et ne répandent plus avec autant de prodigalité leur odieuse hérésie. J'ai cependant découvert qu'une pièce à l'effigie de l'empereur français Napoléon III révélait l'emplacement exact du parchemin. Je la recherche activement et quand je l'aurai en ma possession, je toucherai au but. Par des recoupements, fort de la somme de toutes les recherches des frères, je soupçonne que la pièce se trouve en Normandie. Son détenteur, identifié par mes soins, est en déplacement : j'attends son retour. Ce serait l'oncle de Gisèle Castelain. Les deux exemplaires des *Sept cas cliniques* du docteur Émile Noir, qui avaient échappé à la vigilance de nos frères, ne sont plus. Il n'en existe pas d'autres à ma connaissance. Enfin, Marielle Letellier est hors d'état de nuire. J'ai récupéré toute sa documentation concernant notre quête. Nous finirons par maîtriser ce fléau, Monseigneur.

— Espérons-le, Jules. Gardez-vous cependant de révéler quoi que ce soit à qui que ce soit. L'exemple de notre bon frère Hans doit vous édifier : il nous montre combien l'homme le plus vertueux cède facilement à la vanité. Quelle faute que de s'être épanché de la sorte à ce médecin ! Le silence est d'or. Souvenez-vous-en !

— Monseigneur ?

— Oui, Jules.

— Je crains d'avoir moi aussi été faible : une lettre autrefois écrite à mon frère où je signai de notre devise.

— *Semper fidelis/Semper paratus* ?

— Oui, Monseigneur.

— Vous devez absolument la récupérer. Jules, je suis peiné parfois de votre inconséquence.

— Pardonnez-moi, Monseigneur et bénissez-moi !

Le camerlingue fit un geste au-dessus de la tête de Jules Trass, de nouveau à genoux, et partit. Trass se tint dans cette position, priant comme un enfant abandonné. Il se promit de réparer ses fautes !

Chapitre 9 – *Le rebelle et le Président*

« **F**ayçal, j'ai toute confiance dans votre parole et je vous réitère la mienne que personne ne viendra plus vous importuner. Ce cardinal Pradel a agi avec une liberté dont j'ai fait part avec réprobation à sa hiérarchie. Aussi, pardonnez d'avance mon audacieuse question : Sartet a-t-il essayé de prendre contact avec vous ?

— Oui, une seule fois ; je lui ai expressément demandé que ce soit la dernière. Il m'a toujours estimé et respectera ma volonté. Pour preuve, je n'ai à ce jour plus de nouvelles de lui.

— Parfait… Que cette affaire m'ennuie, Fayçal ! Je me suis embarqué dans une sacrée galère, vous ne croyez pas ?

— La République aurait dû seule vous guider, Monsieur. Rompez avec le Vatican tant que toute la clarté ne sera pas faite sur ces deux meurtres. Vos convictions spirituelles doivent être bâillonnées, car vous présidez aux destinées du pays. C'est là le seul conseil que je peux vous donner.

— Je serais bien inspiré de le suivre. Évidemment, ça se paiera un jour ou l'autre. Mais je ne vais pas vous assommer avec mes pleurnicheries. Au point où j'en suis, de toute façon, ce sera le même funeste résultat.

— Que voulez-vous dire ?

— Laissez cela. Fayçal, j'insiste encore : si par aventure Sartet essayait de vous approcher, faites-moi ce plaisir de le renvoyer sans un mot.

— Il ne le fera pas. À votre tour, souvenez-vous que : "Le cœur d'un homme d'État est dans sa tête." Dixit Napoléon.

— Merci de votre franchise, Fayçal. Je n'en goûte pas souvent la saveur parmi mes collaborateurs serviles.

— Bonne journée, Monsieur le Président. »

À nouveau seul, le président Villerand tapota le dessus de son bureau, perplexe. Pour satisfaire le Saint-Siège, il avait largement outrepassé ses prérogatives, bafoué des lois fondamentales de la Constitution, déjà vacillantes s'agissant de religion. Il regrettait sa décision, à présent. Cette affaire, c'était sa boîte de Pandore.

Villerand, avec une coquetterie de jeune homme, regardait ses mains impeccablement manucurées, méditant qu'elles devraient un jour rendre des comptes, ici ou ailleurs, même s'il croyait agir présentement pour la préservation de la civilisation chrétienne, comme le lui avait affirmé le Pape dans cette affaire. Mais il y avait des limites à son obéissance : la mise à mort de Sartet, que le Président avait devinée dans les yeux du camerlingue, il n'y participerait pas et l'empêcherait dans la mesure du possible. Étant donné son implication personnelle, il ne pouvait « hélas » ouvertement protéger son fonctionnaire, sous peine de voir se retourner contre lui le Vatican, avec qui il s'était gravement compromis. Au moins avait-il la certitude que rien n'arriverait de fâcheux à Fayçal Mawar, dont il admirait la grandeur morale qui lui faisait défaut.

Sartet n'ignorait pas qu'on le traquait. Ses précautions avaient été prises en conséquence pour se dérober à toutes les vigilances. Il était parfaitement entraîné à ce genre d'exercices. Sa rencontre avec Théodore Radot terminée, il disparut du Village de la Judée. Quelque peu joueur, il adressa une missive au Président en personne, qui la relisait en ce moment :

« Monsieur le Président,

Comme dans la chanson, moi aussi je vous écris une lettre pour déserter. Longtemps, j'ai sacrifié aux arrangements douteux de la République, courbant l'échine comme on m'avait appris. Mais il y a un temps pour chaque chose et celui de ma rébellion est arrivé. Alors que vous accordez au Vatican le droit de vie et de mort sur vos "sujets", je veux comprendre (et je comprendrai) pourquoi la Nation s'endort ainsi sur ses principes. De mon côté, j'ai décidé de servir les miens principes, qui ne semblent pas concorder avec les vôtres. Vous regardez peut-être le monde de trop haut et devriez redescendre quelquefois à hauteur du peuple qui vous a porté là où vous vous trouvez. Mon combat est propre et j'entends le mener à son terme, à condition de ne pas avoir d'"accident" ! Aussi, ai-je pris des dispositions en conséquence.

J'ai l'honneur, Monsieur le Président, de vous saluer sans vous servir.

Alain Sartet.

PS : transmettez mes amitiés au si prévisible colonel Bouchard ! »

Villerand salua à son tour l'audace de son fonctionnaire. Il n'aimait rien moins que la servilité et admirait, quand bien même ce fut d'un adversaire, le courage d'un David contre Goliath. Par contre, ses conseillers, qui avaient lu la lettre, tremblaient à l'idée d'une fuite de Sartet dans la presse, capable de provoquer un cataclysme politique dans le pays et au-delà. L'Église catholique, qui ne représentait pourtant pas la plus intrusive et violente des religions en Occident, en subirait aussi le contrecoup, ce qui servirait parfaitement les affaires d'autres beaucoup plus belliqueuses. Sans les écouter, le chef de l'État avait décrété qu'on n'intervenait pas et qu'on prenait ses distances avec le Vatican, à condition que ses émissaires ne débordent pas du cadre imposé. Sartet, étant un peu soldat, connaissait les risques de la guerre qu'il était en train de mener. Il ne serait ni traqué ni protégé par les autorités. Villerand retrouvait ce vieux réflexe de non-intervention qui avait fait sa gloire sur la scène internationale. Aussi, ordonna-t-il à Bouchard d'abandonner sa surveillance, qui ne donnait d'ailleurs aucun résultat, comme le suggérait moqueusement le post-scriptum de Sartet.

Comme le craignait le camerlingue, le président français doutait : un manuscrit, dont il ignorait le contenu exact, pouvait-il à ce point légitimer ces débordements de toute part ? Le Pape, connu pour son extrémisme, n'avait-il pas armé le bras de l'assassin ? Il ne s'en tint pas moins aux dispositions prises et ne confia son hypothèse à personne. Sa fidélité à l'Église le paralysait en quelque sorte, aveu qu'il ne se fit qu'à lui-même.

Sartet avait quitté la Normandie et séjournait dans le plus grand secret en un château de Touraine sur une colline dominant la Loire. Il devisait en ce moment avec une femme plus âgée que lui, ainsi que l'attestaient sa chevelure argentée et ses rides marquées, néanmoins harmonieusement dispersées sur un visage serein, plein d'intelligence. Sa ligne élancée dévoilait une personne à l'hygiène de vie drastique. Pour finir, une voix légèrement grave lui conférait une autorité indiscutable. Tandis qu'elle parlait, Sartet regardait parfois le grand mur massif derrière elle : combien la dame ressemblait à ses aïeules, dont les portraits accrochés dans son dos semblaient poser un regard bienveillant sur leur descendante. Pour retrouver cette femme qu'il aimait avec dévotion, il avait emprunté un souterrain troglodyte en contrebas de la falaise aboutissant aux caves du château, connu d'une poignée de personnes de confiance. Sartet restait toutefois sur ses gardes, son arme de service sur lui.

Adélaïde de Galénaïs, la femme en question, le connaissait depuis son adolescence. Pour gagner son argent de poche, avec l'accord de l'orphelinat (Sartet étant pupille de la Nation), il s'occupait à l'époque de divers travaux de jardinage dans son parc. Comme ils n'avaient pas d'enfant, la duchesse et son mari se prirent rapidement d'affection pour ce garnement de treize ans, qu'ils finirent par adopter et reconnaître comme la progéniture providentielle attendue en vain. Sartet, nourri par les récits du duc vantant la grandeur de la France, travailla logiquement pour elle.

Le duc et la duchesse l'accompagnèrent ainsi dans toutes les étapes de son existence. Ils désiraient ardemment des petits-enfants, mais à leur grand désarroi Sartet ne fondit jamais de famille. À son tour, il fut exemplaire de dévouement pendant la longue maladie du duc, modèle absolu du jeune garçon. Le duc était âgé de vingt ans de plus que sa femme. Elle veuve et Sartet célibataire, ils s'aimèrent un temps comme un homme et une femme. Il avait donc dissimulé à son ministre que quelqu'un comptait dans son existence, plus qu'il ne le laissa jamais paraître en tout cas lorsqu'il évoquait en public la duchesse, une « connaissance », affirmait-il.

— Décidément, quelle forte tête tu es, Alain ! Je ne t'en blâmerai pas, mon garçon, car dans ton travail tu as assez fait de compromis contrevenant à ta morale ; morale héritée de ton père et donc sincère. De toute façon, tu as passé l'âge d'être sermonné. Mon petit chéri, je te demande juste de ne pas te perdre… ça me perdrait : je n'ai que toi pour peupler mes derniers jours. À mon âge, on redevient une enfant inquiète d'être abandonnée ! Toujours je me souviendrai de notre première rencontre : tu étais en train de ramasser des marrons devant la grille, « pour les jeter sur les garçons qui m'embêtent ». Si déterminé que je ne t'ai pas pris en pitié, comme nombre d'adultes l'auraient fait connaissant ta situation : je t'ai tout de suite aimé, essayant au fil du temps d'être toutes les femmes pour toi. Ah, si j'étais une veuve plus jeune, je te laisserais me demander ma main !

— Adélaïde, sans vous, je ne donnais pas cher de moi. Remarquez, en ce moment précis, non plus.

— Que t'arrive-t-il ?

— De désagréables secrets à démêler ; ce qui n'est pas du goût des hautes autorités.

— Mais tu ne m'en diras pas plus.

— Non. Je veux seulement vous prévenir de ne pas parler de ma visite, quoique je soupçonne notre vieux singe de président de laisser faire plutôt que de chercher à me coincer. Il n'aime pas se salir les mains ; ce qui n'est pas forcément rassurant. Je voudrais aller musarder dans la bibliothèque du duc.

— Nul n'a à me donner des comptes : je suis duchesse, tout de même ! Mon mari mangeait à la table de tante Yvonne à Colombey ! Allez, occupe-toi de tes recherches. Pendant ce temps, je vais aider Marthe à te préparer un bon pot-au-feu comme tu les aimes. Tu seras là combien de jours ?

— Je partirai dimanche.

— Bon, je file à la cuisine.

Elle l'embrassa sur le front, comme s'il avait encore treize ans.

La bibliothèque ducale était décorée à la mode baroque, le plafond excepté, qui déployait une allégorie pompeuse – bien en chair, suivant le style rococo – des arts et des sciences, exécutée par un obscur peintre dont l'histoire de l'art ne retiendra rien. Le reste était finement ciselé d'entrelacs dorés qui encadraient les rayonnages clairsemés de candélabres soutenus par des mains musculeuses de bois sombre, sorties de nulle part, dont se serait inspiré, au cours d'un séjour au domaine, Jean Cocteau dans son film *La belle et la bête*.

Au centre de l'imposante pièce se trouvait une grande table marquetée. Dans un coin de la pièce, un gigantesque globe, posé sur un socle de bronze aux pattes de lion, rappelait la fonction des lieux : l'étude. Sartet connaissait l'endroit pour y avoir passé des heures à lire ou écouter le duc lui raconter le monde, dans cette atmosphère d'encaustique si familière aux vieilles demeures d'Europe. Il s'installa confortablement dans un fauteuil, laissant vide celui qui trônait près de l'âtre en y jetant un œil plein de tendresse. C'était celui du duc et, depuis sa mort, nul ne s'y asseyait plus. Sartet parcourut rapidement les alignements de titres, retira un volume qu'il ouvrit sur la table avec un carnet de notes.

Les sociétés secrètes chrétiennes, par Jacques Mouchard. Après deux heures de lecture, Sartet soupçonna fortement que son affaire avait à voir avec une relique chrétienne. Sa lecture, ajoutée aux éléments dont il disposait, notamment l'histoire très romanesque du frère de Radot, renforça son point de vue. Il allait plus loin : le Saint-Siège, selon ses déductions, recherchait cette relique non pour la préserver, mais pour la détruire. Dans le cas contraire, pourquoi œuvrer dans l'ombre ? Et étant donné les moyens déployés, ce devait être quelque chose de première importance.

Où se trouvait ce trésor dont il ignorait la nature à cette heure ? Telle était la question qui prévalait. À partir de la réponse, Sartet pourrait enquêter dans une direction précise. Le Graal ? « Ben voyons ! Depuis le temps, il a dû s'évaporer ! » ; le trésor des Templiers ? « Belle lurette qu'il est dépensé ! » ; la pierre philosophale ? « La fabrication de l'or ferait s'effondrer son cours ! Wall Street n'aimerait pas ! » ; l'Arche d'Alliance ? « Indiana Jones l'a déjà trouvée ! » Il continua de décliner son inventaire imaginaire à voix haute pour s'amuser, admettant que le secret légendaire était une mauvaise voie. Il dut se rendre à l'évidence : il n'avait pas d'idée précise de ce qu'il cherchait. Il reprit sa lecture jusqu'à cette phrase :

« Parmi les mythes qui alimentent le sectarisme chrétien, subsiste celui d'un texte sacré non reconnu par la religion officielle et dont le message serait plus authentique que celui imposé par le dogme de l'Église. Il existe nombre d'écrits apocryphes (douteux) rédigés par des personnalités ayant vécu dans la proximité du Christ ou durant les années qui suivirent sa mort terrestre. Il y eut même une certaine Lettre de Jésus sur les dimanches, prétendument de sa main, mais plus vraisemblablement écrite au VIe siècle.

Dans le cas qui nous occupe, il s'agirait d'un Évangile écrit ou dicté par le Christ lui-même à l'un de ses apôtres, dont l'existence serait connue de l'Église elle-même, qui le rechercherait pour le détruire. Parallèlement, des sociétés secrètes feraient de même à travers le monde, persuadées que sa révélation purifierait l'humanité.

Certains pensent même que le fameux Graal ne serait pas le Sang de

Jésus recueilli par Joseph d'Arimathie sur son corps supplicié, mais bel et bien son Testament.

Aux premiers âges du christianisme, les sectes proliférèrent. Jusqu'au IVe siècle, elles étaient nombreuses et occasionnaient de violents conflits dans la chrétienté naissante. Elles prônaient ainsi une autre voie que celle défendue par l'orthodoxie, ce qui renforça la cohésion de l'Église officielle qui fit front et décréta ces sectes hérétiques – c'est-à-dire contre le dogme –, en 325, au conseil de Nicée. Beaucoup d'entre elles se réclamaient du gnosticisme.

Sommairement :

Le gnosticisme proclamait que la création du monde était mauvaise, que l'homme était étranger à ce monde et retenu prisonnier dedans. Seule la connaissance (ou gnose) lui permettrait de se libérer de la matière. Dieu n'aurait été qu'un sous-dieu ayant dérobé le secret de la Création à sa Mère. Il n'était pas Dieu le Père, mais le Jéhovah des Hébreux. Pour les gnostiques, Dieu était absolu, inimaginable et irreprésentable par l'homme. Dans cette perspective, le Christ représentait le Sauveur qui libérerait le monde par sa destruction. Idée insoutenable pour l'Église.

Le conseil de Nicée ne mit toutefois pas fin aux idées gnostiques. Au Moyen Âge, les fameux cathares jugèrent eux aussi le monde comme issu d'un dieu mauvais et voué à disparaître, car seul le Bien était éternel. Ils pensaient que chaque corps retenait prisonnière une âme d'ange tombé au cours d'une bataille entre le Dieu bon et le dieu mauvais. Les âmes erraient de corps en corps, suivant le principe de la métempsychose (ou réincarnation). Par le baptême spirituel seulement, l'âme pouvait rejoindre le Ciel, royaume du Dieu bon, après la toute dernière mort. Ainsi, l'Ancien Testament aurait été du dieu mauvais, tandis que le Nouveau était du Bon. On sait ce qu'il advint des cathares : ils furent anéantis par l'Église. »

Sartet quitta la bibliothèque, songeur, descendit l'escalier de pierre recouvert d'un tapis ocre clairsemé d'un bestiaire médiéval, ouvrit la grande porte qui donnait sur le parc, alluma un cigare, aspira plusieurs bouffées : l'Église courait bien après un texte.

Ce texte représentait un danger mortel pour elle, étant donné les risques pris, l'importance logistique mise en œuvre pour le récupérer et surtout les assassinats de Fernando et Gisèle (Sartet était à cette heure convaincu qu'ils avaient été commis avec la bénédiction du Saint-Siège). On ne compromettait pas aussi légèrement un président de la République française pour des broutilles, ni ne commettait des crimes aussi révoltants pour la morale chrétienne sans un impérieux motif.

Restait à découvrir de quel texte il pouvait s'agir. Il en existait un certain nombre sans que cela perturbât le moins du monde les autorités catholiques ; on évoquait par exemple un témoignage laissé par Marie-Madeleine et même la Vierge ! L'Église traitait à présent cela par le mépris, sûre de sa solidité doctrinale. Des réformateurs en avaient certes ébranlé plus ou moins les fondations (Luther, entre autres, avec la religion réformée) sans jamais la faire choir. Aucune révolution politique ou culturelle n'était parvenue à l'éradiquer à ce jour ; là, elle donnait l'impression d'être au bord du gouffre. Une seconde secousse agita Sartet et il ne put refréner un cri de stupeur.

— Que se passe-t-il ? demanda la duchesse qui le rejoignait.

— Tout va très bien, Adélaïde ! J'ai deviné ce qu'ils cherchent tous !

— Et moi je devine que le repas est prêt. Éteins-moi cette cochonnerie et lave-toi les mains, garnement !

— Ce feu-là, je l'éteins volontiers. Quant à l'autre, c'est une autre affaire, acheva-t-il en murmurant.

Chapitre 10 – *La pierre rose*

Radot commanda à Carole-Anne une étude approfondie du *Portrait d'Odet de Coligny* dérobé au musée Condé, comme l'avait suggéré Sartet. Elle s'acquitta de cette mission avec la célérité qui la caractérisait. Quoique son supérieur (et mentor) ne lui révélât pas la raison véritable de ce travail de recherche, elle n'en soupçonnait pas moins quelque ténébreuse affaire en relation avec les événements dont elle fut témoin le soir de la découverte du corps de Fernando dans une salle du musée. Ce portrait, du point de vue strict de l'histoire de l'art, ne présentait rien d'exceptionnel, même s'il était remarquablement exécuté. Les Clouet père et fils, dont Chantilly possédait une des plus importantes collections, étaient en effet de grands portraitistes de la Renaissance.

Ce qu'on pouvait dire de ce tableau :

Peint en 1548 par François Clouet, il consistait en un portrait en buste d'Odet de Coligny.

Archevêque de Toulouse, évêque de Beauvais, cardinal de Châtillon et pair de France, Odet de Coligny embrassa la religion réformée en 1560 et fut de ce fait excommunié par le Pape en 1563. Pendant l'année 1568, il se réfugia en Angleterre où il mourut en 1571, à Cantorbéry. Il avait un frère cadet : l'amiral Gaspard II de Coligny, tué dans son lit après un attentat manqué contre sa personne le 22 août 1572, puis défenestré et pendu par les pieds pendant le massacre de la Saint-Barthélemy, un jour plus tard. Ils étaient tous deux les fils du maréchal de France, Gaspard Ier de Coligny.

Le *Portrait d'Odet de Coligny* présentait le modèle dans une pose hiératique, enveloppé de couleurs chaudes qui rehaussaient son noble racé. Le personnage se présentait de biais, le regard déterminé, l'allure puissante. On se figurait difficilement que ce gaillard, ressemblant plutôt à un chef de guerre, fût cardinal. Vêtu de rouge, comme il se devait pour un prélat, recouvert d'une chasuble d'hermine, une de ses mains reposait sur le dossier d'une chaise tandis que l'autre tenait une paire de gants, le pouce glissé sous une ceinture de soie et deux doigts munis de bagues. Sur le dossier étaient inscrits à l'or la date d'exécution du tableau (1548), « Æ » (« éternité » en grec ancien) et un nombre (« 31 »), correspondant à l'âge du modèle lors de l'exécution du tableau.

Carole-Anne, stimulée par le surprenant récit d'Alexandre au *Clos de l'aurore*, ne se contenta pas de ces évidences identifiables par n'importe quel étudiant en histoire de l'art. Elle consulta les clichés radiographiques de l'œuvre, opération systématiquement réalisée dans la plupart des musées pour la « connaissance interne » d'un tableau, suivant l'expression consacrée. Elle découvrit sur l'un d'eux une esquisse préparatoire et le terme hébreu, *berith*, « testament ». Cela suffit à l'animer d'une volonté de chercheur d'or.

Pourquoi écrire le mot « testament » en hébreu ? Le latin étant la langue de la liturgie catholique par excellence, il aurait été plus « logique » pour un cardinal – en admettant que cette inscription fût de son initiative ou de sa main – d'utiliser le terme *testamentum* adopté par les traducteurs de la Bible à partir du grec ancien : *diathêkê*. Pourquoi encore le dissimuler tandis qu'on avait peu de chances de le découvrir à l'époque et de supposer qu'on le pourrait un jour, à moins de gratter la toile ? La jeune femme ruminait, frustrée de n'avoir découvert qu'un bout de l'énigme : on se satisfait mieux de l'ignorance d'un secret que de sa connaissance partielle. Radot saurait l'éclairer.

— Le *berith* hébreu relève de l'Alliance entre Dieu et les hommes, scellée lors du sacrifice d'Isaac par son père Abraham en signe d'obéissance absolue. Au dernier moment, avant que le patriarche ne tue son fils, Dieu arrêta sa main, convaincu qu'il lui obéirait totalement. Je ne t'apprends rien, Carole-Anne. *Diathêkê*, par contre, a un sens plus juridique, comme le *testamentum* latin. Ce qui est amusant dans cette histoire c'est que Berith est aussi un démon de la goétie, une science occulte destinée à invoquer anges et démons. Berith est représenté en soldat rouge sur un cheval de couleur identique, une couronne d'or sur la tête. Par ailleurs, il est un Nicolas Flamel de l'au-delà : ce guerrier des enfers peut en effet changer les métaux en or. Il peut aussi lire l'avenir. Un démon très pratique, sauf qu'il est menteur comme un arracheur de dents ! Les cardinaux s'habillent en rouge, je crois.

— Vous en savez un rayon sur la religion et l'occultisme.

— Erreur de jeunesse : j'ai autant fait tourner les tables que la tête des femmes !

— Vous êtes incorrigible !

— Le sérieux ne vaut que s'il est tempéré par l'humour, Carole-Anne. Allez, je retourne à mon labeur, et félicitations pour ton travail !

— Vous ne m'en apprendrez donc pas plus sur le but de cette recherche ?

— Par pour l'instant jeune fille. Poursuis tes recherches, moi les miennes et nous confronterons nos résultats le temps venu.

Carole-Anne poursuivit ses investigations. Au hasard de ses pérégrinations, elle exhuma d'une revue poussiéreuse et jaunie une curieuse fable sans rapport apparent avec le *Portrait d'Odet de Coligny*, mais avec une pièce maîtresse conservée au domaine de Chantilly : le *Grand Condé*, un diamant de taille exceptionnelle.

« *Le* Grand Condé, *diamant rose de 9,01 carats et 20,8 millimètres, est mentionné pour la première fois dans un inventaire du château de Chantilly en 1740. Acheté au XVIIe siècle par Louis XIII, le roi l'aurait ensuite offert au prince Louis de Bourbon, dit le Grand Condé, pour s'être vaillamment illustré durant la guerre de Trente Ans, mettant en déroute l'armée espagnole à la bataille de Rocroi en 1643, où périt notamment le plus courageux soldat de l'époque : le capitaine Alatriste.*

Volé en 1926 par deux commerçants alsaciens, on retrouva le joyau dans une pomme : un comble, car il avait une forme de poire ! Depuis, il dort bien à l'abri au fond d'un coffre du château : le modèle exposé au public est une copie. Ce diamant, dont on ne connaît pas avec certitude la provenance, aurait une origine merveilleuse. Elle est ainsi rapportée dans Les souvenirs d'un homme curieux, *récit anonyme du XIXᵉ siècle nourri d'anecdotes, dont celle-ci :*

Le 28 mai 1453, à l'aube, après avoir parcouru plusieurs kilomètres dans un tunnel étroit débouchant sur une plage, une silhouette masquée d'une capuche quittait promptement Constantinople. La ville était alors assiégée par les armées ottomanes du sultan Mehmet II depuis le début du mois d'avril. L'inconnu embarqua sur un navire vénitien dont la flotte, avec celle des Génois, était venue en renfort pour sauver la dernière implantation chrétienne d'Orient... en vain. Le port connaissait l'agitation des villes défaites. De nombreux bateaux couvraient déjà l'horizon, fuyant vers l'Europe. Il fallait faire vite, car à la victoire inéluctable succéderaient les pillages de la cité par les vainqueurs. Le lendemain de ce jour, en effet, Constantinople tombait, mettant fin à l'Empire romain d'Orient : à midi, le port fut pris et le soir, sur l'autel de la basilique Sainte-Sophie, le sultan rendit hommage à Allah pour sa victoire.

À bord et en route pour la Sérénissime, l'étranger ne se découvrit jamais, affirmant être un moine ayant fait vœu d'anonymat. À l'abri des regards de l'équipage et des soldats embarqués, il conservait sous sa robe de bure un parchemin enroulé dans un tissu grossier, attaché par une lanière de cuir. Une nuit qu'un marin audacieux voulut, pendant son sommeil, lui dérober un éventuel butin – les Constantinopolitains avaient la réputation d'être riches –, quelle ne fut pas sa surprise de découvrir un mont de Vénus lisse comme un océan calme. Mais il s'arrêta net, la pointe acérée d'un stylet sous la gorge. L'inconnu, en fait une jeune femme aux longs cheveux noirs et aux yeux de ténèbres, se donna au marin en échange de son silence, car elle savait la partie perdue si elle l'assassinait : un bateau n'offre aucune possibilité de retraite en pleine mer. Il saisit l'aubaine et découvrit avec trouble qu'elle était vierge.

Le marin tint parole pendant le reste de la traversée. À terre, la jeune femme lui fit ses adieux, mais il ne s'y résigna pas et, follement épris, voulut l'épouser. Elle refusa. Il se vengea en la dénonçant comme espionne de Mehmet II aux autorités vénitiennes. Aussitôt, on l'arrêta, son parchemin confisqué pour aboutir entre les mains du doge Francesco Foscari qui croyait avoir intercepté un plan d'invasion ottomane de Venise. Écrit en grec ancien, il se le fit traduire. Quand il eut fini de lire la traduction, une terreur s'empara de lui. Il exigea qu'on brûlât le parchemin. Mais le traducteur avait fui en l'emportant.

La jeune femme fut soumise à la torture pour avouer l'identité et la destination du fugitif, ainsi que leurs intentions à tous deux : elle ne révéla rien, malgré l'intensité des douleurs infligées, ignorant par ailleurs que la communauté du Pêcheur lui avait dépêché un ange-gardien pendant son voyage. Elle périt brûlée vive sur une île, à l'écart de Venise. Secrètement, son dénonciateur et amant éconduit assista, plein de remords, à son supplice. Lorsque tout fut achevé, qu'il ne demeura plus âme qui vive alentour, l'homme s'approcha du bûcher encore fumant où, à sa stupéfaction, reposait un diamant rose. Au toucher de la pierre, une fraîcheur bienfaisante le parcourut et il se sentit pardonné pour son crime. Déterminé à achever sa vie dans le repentir et la charité, le marin se saisit pieusement du joyau et rejoignit la terre ferme.

Il se retira dans un monastère de Touraine, devint un homme de Dieu fort respecté et après sa mort, un saint vénéré. Sa tombe fut saccagée pendant les guerres de religion et le diamant, enterré avec sa dépouille, disparut pour réapparaître au siècle suivant et connaître dès lors le destin que l'on sait, sous le nom de Grand Condé, *l'une des plus belles pierres précieuses du monde et la seule de cette nature qui résista au feu. »*

Carole-Anne n'ignorait pas que les conteurs jonglent avec le vrai et le faux. Elle avait ainsi séparé le vin de l'ivraie. Si le destin du diamant lui importait peu, celui du parchemin l'intéressait au premier chef. Elle rejoignit Radot à sa table aux *Cuisines de Vatel* et lui rendit compte de ses dernières découvertes, concluant :

— Le *Portrait d'Odet de Coligny* est une partie d'un tout. Le tueur, comme vous et d'autres, recherche un parchemin perdu depuis des siècles, n'est-ce pas ? Me mettrez-vous un jour dans la confidence ?

— Je suis sidéré par la finesse de ton esprit. Tu as deviné juste : c'est bien d'un manuscrit perdu dont il s'agit dans cette sombre affaire. En effet, il intéresse beaucoup de monde, dont certains mal intentionnés. Quant à te révéler ce qu'il contient, j'en suis pour l'instant incapable. J'ai bien une idée, mais je préfère avoir plus d'éléments en main pour t'en faire part, Carole-Anne. Je te promets de tout t'expliquer en temps voulu.

— Je veux en être, Théodore.

— Il aura donc fallu une chasse au trésor pour m'entendre appeler enfin « Théodore » !

— Plus de manières entre nous, maintenant que nous recherchons le Graal… ou quelque chose d'approchant ?

— Bien essayé, mais je ne te ferai aucune révélation ce soir.

— J'aurai au moins tenté le coup. Passez une bonne soirée.

— Toi aussi.

Elle se retira, perplexe. Quelques minutes plus tard, Artémisia entrait, rayonnante de sa triste beauté, dans le restaurant. L'Italienne fixa Radot de ses yeux noirs aux accents toujours tristes. Il l'écouta alors qu'elle inclinait la tête à la manière de la *Vierge de Lorette* de Raphaël, accrochée dans la Rotonde du musée au-dessus d'eux. À sa manière, elle aussi jetait un voile sur ses pensées pour ne pas les corrompre par de sombres présages. Il est des femmes que les hommes admirent en oubliant qu'ils sont des hommes, avec l'humilité d'un spectateur devant une œuvre sublime. Quand elle voulut parler, Radot, tout à sa contemplation, l'en empêcha en commençant le premier :

— Oui, répondit-il à la question qu'elle n'eut pas le temps de lui poser. Je suis prêt à laisser « partir » ma femme et t'inviter à prendre sa place. Il est temps.

Chapitre 11 – *Tremblement de foi*

« **T**rès chère Adélaïde, vous n'avez pas changé. Auriez-vous découvert la Fontaine de jouvence, pour vous maintenir aussi étincelante ?

— Non, j'ai juste appris la sérénité. Que feraient d'ailleurs les hommes de la jeunesse éternelle, sinon un gâchis sans fin ? Cardinal, seriez-vous en train de me courtiser comme au temps de nos jeunesses respectives, lorsque vous me fûtes présenté chez votre oncle ? Après toutes ces années !

— Comme vous m'impressionniez alors, avec votre noble maintien ! Hélas, vous préférâtes un des vôtres, le regretté duc. J'entrai au séminaire pour devenir ce que je suis à présent. Nos chemins n'étaient peut-être pas écrits pour ne faire qu'un.

— Et un jour, peut-être, monterez-vous sur le trône de saint Pierre.

— Oh, non, Adélaïde, Dieu m'en garde ! C'est un poids trop lourd à porter pour l'humble serviteur de l'Église que je suis et entends rester. Voyez-vous, Adélaïde, j'ai beaucoup hésité à venir vous voir. La crainte de réveiller des souvenirs aussi charmants que douloureux, peut-être ? La crainte surtout de les avilir par une désagréable démarche, tant pour moi que pour vous. Adélaïde, je viens vous entretenir de pénibles affaires.

— Monseigneur Pradel, contez-moi ces "pénibles affaires".

— Elles occupent tout entières notre Église et vous y êtes, bien malgré vous j'en suis convaincu, mêlée.

— Voudriez-vous être plus explicite ? Tenez, non ! Je vous aide ! Vous êtes venu me demander de trahir Alain, que vous n'avez jamais tenu en grande estime. Est-ce là le but de votre visite que je trouve, à bien y réfléchir, fort peu courtoise ?

— Je ne peux vous contredire, hélas. Votre choix d'adopter ce garçon n'a pas été de mon goût ; encore moins celui de vous commettre charnellement avec. Qu'aurait pensé votre époux de tout cela ?

— Les derniers mots de mon mari à Alain ont été : "Je te confie la tâche de veiller sur elle". Et il s'est acquitté de ladite tâche avec un amour que vous-même n'avez pas pour Dieu ! Je me doutais que vous ne veniez pas me visiter, après plusieurs années de silence, pour me faire la cour. Vous êtes à présent le messager docile de cet enragé qui règne au Vatican grâce à ceux qui l'ont élu au conclave, dont vous, je me doute. J'aime Alain plus encore que je n'ai aimé mon défunt mari ! Quant à vous le livrer, imaginez ce que j'en pense !

— Cela risque de vous porter préjudice, Adélaïde. Je suis un homme de Dieu ; je Lui dois allégeance. Votre Alain met en péril l'Église et par extension, Dieu ! Je suis cardinal et soldat de Dieu !

— Quelle présomption ! Dieu n'a que faire d'une armée ! Croyez-vous que notre Créateur ait à trembler de quoi que ce soit ? Il a des desseins qui dépassent l'étroitesse d'esprit de votre pape. Le dogme de l'Église n'est pas la foi ; il n'en est qu'une horrible interprétation ! Vous avez perverti les Évangiles !

— Je vois que le poison a été distillé : il fait son office ! Sartet vous a donc convaincue de vous sacrifier à sa place ? C'est faire bien peu de cas de l'amour que vous lui portez. Mais laissez-moi tenter de vous convaincre de votre erreur : vous êtes catholique, Adélaïde. Accepteriez-vous la mort d'une religion deux fois millénaire, qui a fait – et continue de faire – la preuve de ses vertus civilisatrices ?

— Ce que la foi chrétienne a inspiré de meilleur demeurera, rien à craindre de ce côté. Les enseignements d'Aristote essaiment toujours et Athènes n'est plus. Par ses méthodes, votre chef fait la preuve que l'Église est un instrument politique très humain dont les visées ne vont pas jusqu'au Ciel !

— Il est vain de poursuivre. Je ferai mon devoir avec affliction, mais je le ferai. J'escompte que vous me confessiez tout, par la force s'il le faut, Adélaïde !... Qu'est-ce que c'était que ce bruit ?

— Sans doute l'antéchrist ! ironisa Adélaïde de Galénaïs.

— Idiote !

— C'est comme ça qu'on parle à une duchesse ?

— Sartet !

— Lui-même, Monseigneur. Pendant que j'y suis, j'ai pris la liberté de désencombrer l'allée de trois désobligeants miliciens d'une obscure brigade qui la détérioraient ! Ils en sont morts de dépit ! Au fait, Monseigneur, depuis quand porte-t-on des armes à infra-rouge au Vatican : c'est pour chasser les démons ?

— Il en viendra d'autres, beaucoup d'autres !

— Vous êtes donc légion ? renchérit la duchesse. Pas surprenant, étant donné le diable que vous vous êtes assigné comme maître !

— Quel est ce texte qui effraie tant le Pape et ses sbires ? J'ai bien une idée folle : un Évangile apocryphe ! Pas n'importe lequel, évidemment, pour qu'il mobilise autant de "bonnes volontés", jusqu'à des cardinaux obligés de donner de leur personne ! L'Église a déjà fait face à des écrits apocryphes dans son histoire ; par exemple ceux de Thomas ou Marie, que les gnostiques prétendaient détenir. Mais celui-là serait nettement plus effrayant pour l'Église, car rien moins que celui du Christ. Ce n'est qu'une hypothèse, Monseigneur, évidemment ! »

Le cardinal Pradel s'affaissa sur sa chaise. Sartet étudia l'expression de stupeur du prélat : il avait visé juste. C'était donc cela que cherchait le Vatican : l'Évangile du Christ. La confirmation dont il avait besoin, il venait de la recevoir à travers la mine déconfite du prélat.

— Je vous remercie, Monseigneur, de votre éloquent silence. Ça vaut tous les aveux ! Adélaïde, allez préparer vos valises, nous partons en voyage. D'autres « serviteurs » de Dieu pourraient céder à la tentation de nous rendre visite, n'est-ce pas, Cardinal ?

La duchesse sortit, les deux adversaires se jaugèrent. Déterminés dans leurs convictions respectives, ils ne céderaient pas. Un duel entre deux esprits fins et aiguisés se jouait.

— Que croyez-vous qu'il en résultera si vous parvenez à mettre la main dessus pour le livrer ensuite à la connaissance de l'humanité ? Dans ces temps de doute et de suspicion, ce texte infligerait un mal considérable aux hommes ; il les précipiterait dans la négation de toutes les Églises, coupables de mensonges à leurs yeux. Pire, ce prétendu message christique exhumé par « miracle », ils le traiteraient certainement avec mépris, convaincus d'une nouvelle mystification. Régneraient alors des chefs qui se prendraient pour Dieu, réduisant leurs semblables à l'idolâtrie et l'esclavage. N'ouvrez pas les portes du chaos spirituel : ce serait notre chute. Cessez cette folie ! Revenez à la raison, Sartet ! Seul le Mal en sortirait victorieux !

— Vous l'avez lu ?

— … Oui.

— Le croyez-vous authentique ? Vous en donnez en tout cas l'impression. Vous suez la peur quand vous parlez de ce prétendu « faux » Évangile.

— Vous n'avez donc pas écouté ce que je viens de vous expliquer ? Mais pour vous répondre : le Christ ne se serait jamais commis dans une telle entreprise. C'est aussi absurde que ces blasphémateurs qui lui prêtent un commerce charnel avec des femmes ou, plus abject encore, des hommes ! Ce ne sont là que des fantasmes d'auteurs en mal d'inspiration ! C'est l'œuvre de Lucifer ! Depuis que cette catin l'a rapporté d'Orient, la sainte Église apostolique et romaine vit dans la hantise que ce testament soit révélé, et s'emploie à en effacer jusqu'au souvenir. Les quatre Évangiles ont tout dit du Christ, rien ne saurait y être ajouté ou retranché !

— Jésus est né homme, il a vécu comme un homme : quel mal y aurait-il à ce qu'il aimât et écrivît ? Ne s'est-il pas mêlé à l'humanité précisément pour en ressentir les joies et les peines ? Votre inquiétude obscurantiste est en fait celle de la fin d'un règne terrestre : celui de l'Église. M'est avis que Dieu n'a rien à craindre dans cette affaire. Tel le fleuve qui court à la mer, nos âmes trouveront toujours Son chemin, quelque forme qu'il prenne.

— Faites ce que bon vous semble : vous pleurerez les morts causées par votre vanité !

— Qu'en est-il de celles que vous provoquez ? Dépecer des enfants, Dieu l'agrée-t-il ? Car je ne doute pas un instant que votre « brebis égarée » est en service commandé pour les plus hautes autorités de l'Église et que celle-ci le couvre. Tenez, j'ai même son nom : Jules Trass. Dites-moi si là aussi je m'égare, Monseigneur !

— Ce n'est que de peu d'importance au regard de la gloire préservée de Dieu !

— Je m'attendais à pareille réponse. Quoi que recèle ce texte, vous n'avez pas le droit de l'effacer du monde, car vous et les vôtres n'êtes précisément pas Dieu ! Laissez-le juge de ce qui sert ou dessert sa gloire.

— Il me semble que dans votre carrière vous avez aussi entretenu le secret. Vous ne vous êtes pas fait scrupule non plus de servir de mauvaises causes. Repentez-vous et n'aggravez pas votre cas ! Je vous le redemande : si ce torchon hérétique se déverse sur la Terre, aurez-vous ce courage de regarder les centaines de milliers de victimes que votre inconscience aura provoquées ? Au Jugement dernier, votre âme ne pèsera pas lourd…

Sartet reconnut une certaine véracité dans les propos du cardinal. Si ce texte était bien de la main du Christ, sa parole ébranlerait non seulement le monde chrétien, mais les autres religions de la planète. L'humanité ne supporterait pas sans dommages pareille révolution mystique. Quand on songeait aux retombées dramatiques de la chute du communisme en Europe, un régime vieux de moins d'un siècle, on pouvait augurer le pire en découvrant que le christianisme reposait sur une interprétation erronée de la parole de son fondateur. C'en serait fini de la chrétienté telle qu'elle existait, et nul ne pouvait présager de ce qui lui succéderait. Sartet essaya d'en apprendre davantage sur le texte ; le cardinal opposa une fin de non-recevoir :

— Jamais !

Dehors, on entendit un puissant moteur enfoncer le précieux portail en ferronnerie du XVIIIᵉ siècle de l'entrée, et qui faisait le bonheur des photographes amateurs. Les graviers de l'allée crissèrent d'abord sous les pneus, puis ce fut le tour de pas précipités. Sartet comprit vite la situation et plongea quand une rafale d'arme lourde à son attention endommagea irrémédiablement les portraits des dames de Lavallière. La duchesse, blessée superficiellement au bras, tandis qu'elle entrait dans la pièce, fut précipitée au sol par Sartet, protégée derrière un canapé. Il improvisa un garrot de fortune et, la laissant à l'abri, parvint jusqu'au tireur et lui brisa la nuque pendant que le cardinal Pradel en profitait pour fuir.

Ordonnant respectueusement à Adélaïde de Galénaïs de ne pas bouger, il saisit l'arme au sol, abattant impitoyablement le reste des assaillants dans la cour du château. Le véhicule tenta une fuite pendant que Sartet tirait dans sa direction. Mortellement blessé, le chauffeur acheva sa course contre le socle en pierre d'un imposant bronze de Persée brandissant la tête hideuse de Méduse. C'était la copie exacte d'une fameuse statue de Cellini, exposée à Florence ; une œuvre très prisée du duc, qui avait commandé cette réplique. La puissance de l'impact fit vaciller le héros grec d'avant en arrière avant de traverser le pare-brise, plantant son épée dans le ventre du cardinal Pradel, consterné peut-être d'être tué par le fils d'un dieu païen ! Le dernier passager essaya de sortir de la carcasse métallique : Sartet ne lui laissa aucune chance.

Soufflant avec force pour expulser la rage de son corps, il constata le carnage, s'assit sur un banc de pierre et médita. Le brouillard enveloppait la voiture, enlaçant la chevelure reptilienne de Méduse de fantastiques volutes brumeuses. Comme ils étaient isolés des habitations du village, nul n'entendit les nombreuses détonations. Et Marthe était partie dans la matinée pour rendre visite à un parent plusieurs jours. Sartet et la duchesse, qu'il venait de soigner, achevèrent à la hâte leurs préparatifs de départ, abandonnant ensuite une scène de guerre qu'ils se souciaient peu d'expliquer aux autorités.

Sartet en était encore à croire que le Président aidait à sa traque. Aussi, avant de partir, l'ancien agent de l'État avait pris soin de tout photographier et archiver ses clichés dans un e-mail adressé à plusieurs boîtes, ainsi que son entretien avec le cardinal Pradel, discrètement filmé. Avec ça, il disposait d'une preuve explosive qui calmerait le zèle des uns et des autres à le pourchasser, Trass excepté. Ils décidèrent de rallier *Le Clos de l'aurore*, chez Radot, qui les accueillerait sans sourciller.

— Alain, sais-tu ce que tu fais ?

— Je cours le risque de le croire, Adélaïde.

Ils s'en tinrent à cet échange. Elle était duchesse et les duchesses en avaient vu d'autres, du temps où on leur trouvait le cou trop long. « Alors, va pour l'aventure ! » songea-t-elle avant de s'endormir.

Chapitre 12 – *Vérités officielles*

Artémisia Villani écoutait le camerlingue, engoncée dans l'ensemble le plus monacal de sa garde-robe, la tête et les mains couvertes d'un voile de dentelle noire et de gants. Il ne la regardait pas, occupé à signer des feuillets dans un échéancier aux armoiries du Vatican. Debout derrière lui, un secrétaire attendait de le récupérer. Les portes ouvertes des deux battants donnaient sur un couloir fastueux. D'un geste de la main, il invita la jeune femme à s'asseoir et le secrétaire à s'en aller. Il ferma les yeux un instant et leva finalement sa figure rapace en direction de la visiteuse :

— Vous venez officiellement prendre congé, Mademoiselle Villani ?

— En effet, Monseigneur, ma mission s'achève.

— Vos services nous ont grandement aidés ; Sa Sainteté vous en sait gré. L'exposition est une réussite totale. Aussi, nous vous prions d'accepter tous nos remerciements pour votre collaboration logistique. Hélas, comme vous ne l'ignorez pas, ce succès est entaché par l'initiative folle du cardinal Pradel. Nous déplorons tout cela. L'assassinat d'enfants est une abomination que rien ne justifie. Quant à sa désastreuse tentative d'agression contre la duchesse Adélaïde de Galénaïs, elle résulterait de la vengeance tardive d'un amour éconduit de nombreuses années auparavant. Preuve, s'il en fallait une, que le pauvre homme était en proie à la plus extrême déraison. Il n'en donnait pourtant aucun signe. Il en va de l'esprit humain comme de la chair : il est éminemment corruptible. La mort de Monseigneur Pradel et de ses fidèles égarés, quoique ma peine soit grande de perdre un ami, nous est un soulagement ici, je le confesse. Le Saint-Père a beaucoup prié depuis, en demandant pardon à Dieu pour son manque de clairvoyance et le sacrifice de ces âmes innocentes… je veux parler du petit Fernando et de la jeune Gisèle. Nous ignorons tous à ce jour sa motivation pour ces meurtres. Reste que la France nous tient grief de tout ceci ; à commencer par la presse de ce pays, disposée plus qu'ailleurs à fustiger l'Église. Enfin, vous savez cela mieux que moi, ayant vécu parmi ce peuple versatile.

— Insoumis, plutôt.

— … Admettons. Mademoiselle Villani, la rumeur d'une implication du Saint-Père dans cette horrible tragédie grandit de jour en jour de l'autre côté des Alpes ; rumeur qui commence à essaimer dangereusement en Italie. Le doute s'immisce même dans les âmes les mieux disposées à notre endroit. Nous parlons du vicaire du Christ, le premier serviteur de Dieu. Il est du devoir de tout chrétien de protéger son honneur, me comprenez-vous ?

— Monseigneur, vous semblez vouloir me demander quelque chose.

— Assurément. Vous êtes très liée à un certain Théodore Radot, je crois.

— En quoi cela concerne-t-il le Vatican et ces crimes ?

— Nous avons appris qu'il faisait des recherches autour d'un absurde conte chimérique à charge contre l'Église. Point n'est besoin d'ajouter à l'opprobre des méfaits du cardinal Pradel une légende sans fondement capable d'exciter encore un peu plus les imaginations malsaines. Qu'il abandonne cette quête stupide contre nous. Rien de bon n'en sortirait. Transmettez-lui notre requête.

— « Injonction » serait plus approprié, Monseigneur. Théodore Radot est libre ; libre je le laisserai de poursuivre le but qu'il s'est assigné. Mais je l'ignorais et vous me l'apprenez. Aussi, je m'étonne que vous soyez si bien renseigné.

— Mensonge que cela ! Voulez-vous donc nous perdre, vous, une bonne chrétienne ?

— Je ne veux perdre personne mais, par-dessus tout, je ne veux pas me perdre au Regard de Dieu en vous cédant. Car si je suis « bonne chrétienne », je me méfie de vous et de votre maître. Et, maintenant que j'y pense, la folie du cardinal Pradel a peut-être été motivée par de plus fous que lui.

— Méfiez-vous, Mademoiselle Villani. Viendra le temps des comptes !

— Alors, commencez par mettre en ordre les vôtres : ils ne sont pas clairs !

Artémisia n'attendit pas que le camerlingue l'invitât à se retirer pour partir. Dehors, sur la place Saint-Pierre encombrée de fidèles et touristes, elle soupira ; elle était fixée une fois pour toutes. La mort du cardinal Pradel était providentielle : toute cette affaire venait d'en haut.

L'entretien qui se déroulait actuellement dans la pièce qu'elle venait de quitter lui donnait raison. Innocent XIV y pénétra après son départ par une porte dérobée :

— Agissez en conscience, Louis, il en va du salut de l'Église. Vous l'avez nommément menacée. C'est comme un aveu.

— Elle n'a nul besoin d'aveu. Sartet et la Galénaïs sont actuellement chez Radot, et je suis convaincu qu'ils œuvrent ensemble. Je suis par ailleurs persuadé que Sartet détient les clés de l'énigme ; la finesse d'esprit de Radot aidant, ils finiront tôt ou tard par trouver le porteur. Grâce à Jules sur leurs traces, nous les neutraliserons et pourrons en finir avec cette hérésie. Ils sont isolés. Le président français ne les fait plus surveiller : il a entériné la thèse du cardinal fou. À présent, Villerand nous renouvelle sa confiance et nous autorise à poursuivre notre enquête en toute liberté. Ce scandale est une aubaine : pendant qu'on épie le passé du cardinal Pradel, on ne regarde pas ailleurs. Maintenant, notre attention doit se focaliser sur Fécamp, en Normandie, où tout se dénouera.

— Louis, votre stratégie force le respect ! Il est fâcheux que nous ne sachions pas ce que ce regretté Alexandre Pradel a pu révéler à Sartet et ce que celui-ci en fera.

— Il n'avait pas connaissance de l'essentiel : j'y veillais, comptant sur la totale obéissance de Jules, à qui j'avais interdit de confier ses découvertes à un autre que moi. Et comme vous avez publiquement désavoué le cardinal Pradel, ce qui pourrait à l'avenir être révélé n'impliquerait que lui.

— Il était pourtant un dévoué serviteur de l'Église.

— Dieu réclame des sacrifices pour éprouver notre foi, vous me le rappelez souvent.

— En effet, Louis… Je voudrais que vous vous chargiez de ce Jules Trass quand tout sera fini. Il peut à tout moment échapper à notre contrôle : ses antécédents le prouvent. Nous ne pouvons plus nous permettre le moindre désordre. Une chance que l'enquête française sur la disparition de Marielle Letellier n'ait pas fait le lien avec ses deux autres victimes.

— Vous avez raison et j'agirai en ce sens, Saint-Père.

— Nous ne devons pas fléchir. Souvenons-nous que les portes de l'enfer ne peuvent prévaloir contre notre sainte Église.

— Amen.

— Amen. Prenez votre avion, Louis. Allez rassurer ce « bon » peuple de France, inconstant et blasphémateur.

— J'y vais, Votre Sainteté.

Le camerlingue atterrit à Paris le lendemain. Dans une spacieuse salle mise à disposition par l'archevêché parisien pour son communiqué à la presse, il régnait une ambiance survoltée de grand rendez-vous médiatique. Les journalistes français et étrangers avaient massivement répondu présents. Le camerlingue, en entrant, saisit l'ampleur de l'événement : il était attendu par une foule impatiente de l'entendre et le questionner. Il allait lire son communiqué puis se retirer, pour ne pas tomber dans le piège des questions imprévues et inquisitrices. Suivant son habitude, il scruta l'assemblée dans son ensemble, joignit ses mains et se composa facilement un visage grave. Dans une anfractuosité, il surprit Théodore Radot, le jaugea ; leurs regards se plongèrent un instant l'un dans l'autre : il y avait de la détermination des deux côtés. Il lut sa déclaration et ne put, comme il l'avait d'abord envisagé, se dérober aux questions qui fusèrent telles une mitraille. Le monde, à travers les journalistes, le regardait : il devait répondre.

— Monseigneur Leclairvaux, le Vatican avait-il connaissance de quelque chose avant la mort du cardinal Pradel ?

— Que savez-vous exactement des événements survenus chez la duchesse ?

— Le Saint-Père compte-t-il s'exprimer publiquement sur cette affaire ?

— Où sont la duchesse de Galénaïs et Alain Sartet, à présent ? Comptez-vous leur adresser des excuses officielles ?

— Le président français vous a-t-il reçu ?

— Quel but poursuivait le cardinal Pradel et en quoi un enfant et une adolescente étaient-ils concernés ?

— Appartenait-il à une secte dissidente qui aurait infiltré le Saint-Siège ? Devons-nous craindre d'autres fous de Dieu ?

— Le Vatican dédommagera-t-il les familles des victimes ?

— Cette affaire n'est-elle pas la conséquence des orientations orthodoxes du Saint-Siège qui, par son rigorisme religieux d'un autre âge, pousse au crime ?

Flashes et caméras pointaient vers le pupitre leurs objectifs accusateurs. Dehors, les opposants à Innocent XIV brandissaient sur des pancartes les revendications traditionnelles contre l'Église, certaines pertinentes, d'autres gratuitement provocatrices. Le camerlingue attendit patiemment le calme dans la salle. Lorsque les bruits faiblirent, il interrogea froidement :

— Puis-je parler ?

Il répondit dans l'ordre à chacune des questions qu'il avait daigné écouter :

— Nous ne connaissions rien des noirs desseins de Monseigneur Pradel, c'est une évidence. Si tel avait été le cas, nous l'aurions empêché d'agir, nul ne peut en douter. Je ne sais rien de plus que vous sur la fusillade et les événements qui l'ont précédée : Alain Sartet, fonctionnaire du ministère de l'Intérieur français et proche de la duchesse de Galénaïs, était par hasard sur place. Il est parvenu à neutraliser les assaillants, puis a prévenu les autorités policières. De plus amples détails vous seront certainement communiqués lorsque l'enquête sera achevée. Sa Sainteté s'exprimera plus tard sur ce drame. Pour l'instant, elle tente de se remettre de cet effroyable drame qui nous affecte tous, afin de préparer au mieux le grand rendez-vous de Vatican III. Madame de Galénaïs et Monsieur Sartet se sont retirés dans un endroit tenu secret dont je n'ai évidemment pas connaissance. Je leur ai adressé à tous deux des excuses au nom du Saint-Père, par l'intermédiaire des autorités françaises auxquelles j'ai livré des éléments pouvant aider à l'enquête. Votre président s'est effectivement entretenu avec moi à propos de cette affaire. Tout en la déplorant, il a ajouté qu'il serait vain de fustiger l'Église, innocente de ces crimes, quel qu'en ait été leur auteur. Le cardinal Pradel, dont nous ignorons les motivations profondes qui l'ont amené à de tels excès, sinon la folie, était un homme dont la pourpre cardinalice ne le protégeait pas des faiblesses humaines. Nous avons reçu au Saint-Siège la nouvelle de sa mort et découvert ses agissements avec le plus grand effroi. Le Pape, d'abord incrédule, en a conçu une immense douleur lorsque les preuves irréfutables lui ont été apportées. Les meurtres de ces deux enfants ne répondent à rien de cohérent : ils sont très vraisemblablement le résultat d'une pulsion meurtrière aussi gratuite que terrible. Je ne m'occupe pas de secte : je suis un homme d'Église, mais je sais que les suiveurs du cardinal n'appartenaient pas à l'Église. Quant aux fous de Dieu, ils ne sont pas une pratique courante chez nous. Aussi, je ne m'attarderai pas sur ce sujet. J'ai en effet rencontré la famille très chrétienne de Gisèle Castelain ce matin et offert, au nom de Sa Sainteté, un soutien financier qu'elle a accepté avec reconnaissance. Je dois prochainement me rendre en Espagne pour y rencontrer la grand-mère maternelle de Fernando Garcia, sa dernière parente. Les a priori défavorables à l'égard du Saint-Père, taxé injustement de fanatique quand il désire seulement moraliser l'humanité en perdition, ne favorisent-ils pas toutes les suspicions, si extravagantes soient-elles ? Merci de votre attention. Je dois à présent me retirer.

Les questions reprirent, le camerlingue n'y prêta pas attention et sortit, escorté par un service de sécurité imposant. Il s'assit à l'arrière d'une berline aux vitres teintées et répondit au téléphone qu'on lui tendait :

— Monseigneur, vous nous avez trahis ! cria une voix d'outre-tombe.

— … Jules, où êtes-vous ?

— Comment avez-vous pu traiter le très pieux cardinal Pradel de fou ?

— Jules, faites appel à votre raison et écoutez-moi. J'ai œuvré pour le mieux de nos intérêts. À présent, nous pouvons agir sans crainte. Monseigneur Pradel s'est sacrifié : il aurait consenti à cela. Ne commettez pas l'irréparable !

— Vous me trahirez, moi aussi, je le décèle à présent. Soudain, la vérité m'apparaît : vous servez des ambitions politiques quand je ne sers que Dieu et Son Église, dont vous êtes indigne ! J'agirai donc seul pour faire triompher sa gloire contre vos calculs mesquins. Adieu, Monseigneur !

— … Il a raccroché. Dieu seul sait de quoi il est encore capable. Nous devons l'arrêter avant qu'il ne nous perde tous. Envoyez la brigade à sa recherche. Attention ! Je le veux vivant : il doit tout me confesser.

— Bien, Monseigneur, répondit un homme depuis le fauteuil passager.

Chapitre 13 – *J'y étais*

Dans le salon particulier d'un restaurant des quais de la Rive gauche, une page d'histoire était sur le point d'être écrite. Décorée de marines sur de grands panneaux de bois, la pièce sentait l'encaustique. Une réunion de crise débutait entre le président Victor Villerand, le premier ministre Claude Maucard, le ministre des Affaires étrangères Robert Daintère et le conseiller particulier du chef de l'État, Michel Mendès.

— Ici, nous pourrons parler à l'abri des indiscrétions, expliqua le conseiller.

— Et manger copieusement, j'espère, Mendès !

— J'y ai pourvu, Monsieur le Président. Voici le menu que j'ai pris la liberté de vous faire préparer.

— Voyons… Glacé de poireaux aux girolles ; onglet de chevreuil, sauce Grand-Veneur, avec légumes du potager ; plateau de fromages ; mousse de fruits rouges et bien entendu du vin de Touraine. Mendès, vous me connaissez sur le bout des doigts ! Cela fera-t-il votre affaire, Messieurs ?

— C'est très bien, répondirent négligemment les trois autres, beaucoup moins intéressés par le repas que la résolution d'une affaire qui pouvait livrer le pouvoir à l'opposition pour plusieurs décennies et bannir durablement la majorité en place.

— Déridez-vous mes amis, nous en avons vu d'autres !

— Monsieur, il y a péril en la demeure. Si les journalistes découvrent le pot aux roses, nous tombons tous. Je ne parle même pas des suites judiciaires ! Le camerlingue n'a pas convaincu les medias aujourd'hui. Ils fourbissent leurs armes et s'ils venaient à découvrir certains détails, nous sommes fichus.

— Mendès, mes prédécesseurs eux aussi en ont connu de belles : ils se sont maintenus, que je sache. Ce n'est pas l'Amérique : ici, on tolère les écarts présidentiels. On se fait juste taper sur les doigts !

— Vos prédécesseurs n'ont jamais remis en cause la loi de séparation de l'Église et de l'État. Vous avez obstrué une enquête et dissimulé des preuves compromettantes pour ménager les susceptibilités du Saint-Siège, à qui vous avez donné les deux lettres retrouvées près des deux gosses assassinés, faisant en sorte qu'elles n'apparaissent sur aucun procès-verbal.

— Mais on connaît le coupable à présent. Tout est rentré dans l'ordre : Pradel est mort, ses sectateurs avec lui. Tout le monde s'en sort « proprement ». Mendès, vous dramatisez. Faites plutôt venir les réjouissances !

— … Bien, Monsieur le Président.

Le conseiller sortit un instant de la pièce.

— Vous croyez vraiment que le Vatican ignorait les agissements du cardinal Pradel ? Tout ça me semble un peu trop providentiel et mal ficelé, pour tout vous avouer.

— Je veux le croire, Daintère, faites-en autant.

— Vous ne rentrerez de toute façon pas dans les détails : vous craignez plus Dieu que l'opinion publique. Mais vous avez pris des risques. Espérons que cela en vaille la peine.

— On verra. Le Pape m'a parlé du salut de l'Église qui pourrait être compromis par un pareil scandale : le catholique que je suis a obtempéré, oubliant qu'il était le chef d'un État souverain. Fin de l'histoire.

— Que cherchent-ils exactement ?

— Si je vous dis qu'exactement je l'ignore, vous ne me croirez pas et pourtant : c'est la vérité. Cela aurait vaguement à voir avec un écrit

« factice » qui n'en serait pas moins fatal pour l'Église. J'ajoute, pour ma défense, qu'au-delà de mes convictions religieuses, je préfère une Église debout plutôt que couchée, et qui, à terre, laisserait le champ libre à des fanatismes hors de tout contrôle. Je n'ai pas besoin de vous faire un dessin, Messieurs ! Mais comme certaines désagréables vérités ne sont pas bonnes à dire et à penser en politique française, que ma dernière remarque reste bien entre nous, évidemment !

— Évidemment, reprirent les deux autres.

Mendès revint parmi eux.

— Ça vient. Nous pouvons reprendre.

— Comme vous voudrez : je vous laisse la barre.

— Monsieur, n'attendez plus : annoncez votre candidature à votre propre succession. Si entre-temps le scandale de vos arrangements avec le Vatican éclate, vous pourrez toujours mettre ça sur le compte d'une campagne de calomnie visant à vous discréditer aux yeux des électeurs. D'ici là, vous serez réélu.

— Mendès, oubliez ça, voulez-vous, et écoutez-moi tous les trois : dans un ou deux ans je serai mort. J'ai vaincu de nombreux adversaires, mais le combat contre la maladie, celui-là, je ne le gagnerai pas.

La stupeur parcourut les trois hommes du Président, tandis que le service de sécurité, après avoir frappé à la porte, entrait pour apporter des bouteilles de vin ouvertes et les entrées. Villerand attendit qu'ils ressortent pour continuer.

— Le verdict est sans appel. Personne, ma femme et mes médecins exceptés, n'est au courant ; pas même mes filles. Je ne serai pas un second Pompidou : je me retire. Ma décision ne date pas de longtemps. J'ai cru pouvoir m'accrocher au pouvoir, malgré ma maladie, mais il y a peu j'ai eu la révélation de ma vanité et je m'en vais.

— Victor, enfin, Monsieur le Président…

— Je vous en prie Claude, oublions l'étiquette que j'ai si vaniteusement imposée à mon entourage pour me donner une contenance ; elle n'est plus d'actualité. Pareil pour vous, Robert, mon compagnon de la première heure, et bien entendu, vous, Michel. Tenez, Robert, dites le bénédicité… je plaisante, Robert !

— Tout au plus pourrais-je vous réciter de mémoire le *Birkat Hamazon* après le repas. Mais je pratique nettement moins le judaïsme que la Constitution, ces derniers temps.

— Et qu'en est-il de Sartet ?

— Je lui ai parlé depuis la fusillade, Michel. Il se taira, j'ai sa parole.

— Aucun de nous trois n'a assisté à votre conciliabule de l'Élysée en présence du camerlingue, mais je vous connais assez pour savoir que vous ne dites pas tout, Victor. Quelque chose de plus gros se cache derrière tout ça.

— Trop gros pour moi, donc pour vous, Robert.

— Toujours cette éternelle culture du secret.

— Qui désignerez-vous pour vous succéder ? questionna le conseiller Michel Mendès, fidèle jusqu'au bout à sa fonction.

— Qui d'autre que vous, Robert ? Soixante-huit ans, quel bel âge pour présider aux destinées de la nation ! Le peu de cas que vous faites des flatteries, le mépris avec lequel vous traitez l'ambition personnelle, autant de qualités qui vous honorent et honoreraient la France si vous vouliez présider à ses destinées. Robert, nous poursuivions le même idéal ; je me suis dévoyé, pas vous. La route vous est ouverte. Ce choix vous appartient, assurément.

— Ma réponse sera : non. Je ne transige jamais, et un président doit transiger, vous venez de le prouver.

— Je vous ai donc bien déçu ?

— Laissons cela, Victor. Votre fonction ne m'intéresse pas, voilà tout.

— Alors qui ?

— Racard ? suggéra Mendès.

— Michel, vous n'êtes pas sérieux ! Racard est un incapable. Il est très bien au perchoir. Ne lui en demandez pas plus. Non, en dehors de Robert, j'abandonne. Quant à vous, Claude, vous me l'avez assez répété : vous vous retirez des affaires. Mon second mandat se serait de toute façon passé de vous.

— Exact. L'air de la province me manque. L'heure de ma retraite a sonné. Je vais tenter de concrétiser mes prétentions littéraires.

— J'aurais aimé vous lire… En attendant, tâchons de réussir ma sortie. Michel, vos recommandations !

— Je ne m'étais pas préparé à ça.

— Improvisez, mon garçon !

— Premièrement, une allocution télévisée pour rappeler que vous avez toujours observé le devoir sacré du chef de l'État de garantir la Constitution. S'agissant des reproches qu'on vous a adressés, dites combien vous vous êtes laissé dépasser, à regret, par le jeu politique ; argumentez sans accuser : vous auriez l'air d'un lâche qui fuit ses responsabilités. Si vous partez, faites-le la tête haute. Ensuite, résumez le bilan de votre mandat, pointez une ou deux erreurs, ça fera bon effet : le repentir, c'est excellent pour l'image. Enfin, assurez le peuple français de votre attachement et révélez-lui…

— Ma mort prochaine.

— … Oui, Monsieur le Président.

— C'est très théâtral.

— C'est une sortie.

— Claude, vous n'aurez, cette fois, pas le souci de mon discours : j'entends l'écrire seul. Je ne doute pas un instant que les hyènes, une fois ma carcasse froide, se chargeront de me dépecer. Aussi, je veux sortir en beauté !

— Les fidèles veilleront à votre mémoire.

— Ne faites pas de promesses que vous ne pourriez tenir, Robert. Les années passeront et, rétrospectivement, tous mes lieutenants, vous y compris, jugeront mon bilan d'un œil beaucoup plus critique. Quand j'appartiendrai à l'Histoire, les scrupules de l'amitié n'auront plus cours. Bien, quand nous aurons pris le dessert, il ne me restera plus qu'à vous remercier et vous demander une faveur : ne m'imitez jamais, j'ai trop aimé le pouvoir.

Le repas s'acheva dans une atmosphère paradoxalement sereine. Claude Maucard, Robert Daintère et Michel Mendès savaient qu'ils assistaient à un moment historique. Plus tard, ils se souviendraient avec orgueil et raconteraient, une lumière dans le regard : « J'y étais. »

Chapitre 14 – *Une page d'Histoire*

Dans une biographie consacrée à Marie-Antoinette, Stefan Zweig écrivit à propos de cette femme que ce furent les événements de l'histoire qui la rendirent sublime. En elle-même, la reine n'avait aucune prédisposition pour être exceptionnelle, expliquait-il.

Victor Villerand débuta maire et gravit lentement les échelons de la vie politique pour atteindre la plus haute fonction de l'État. Là, il se singularisa par quelques lois intelligentes et une poignée de manifestations culturelles opportunes. Il eut souvent de bons mots et de grands discours. On lui reconnaissait beaucoup d'érudition, qu'il ne se privait pas d'étaler aux journalistes et à sa cour servile.

Ce soir-là, il fut cependant humble et néanmoins magistral devant la caméra.

Tandis que les jours précédents il avait docilement écouté les conseils de son entourage pour ce qui devait être sa dernière allocution télévisée, il déchira son discours juste avant de s'asseoir derrière ce bureau où maintes fois il avait trôné. Ses collaborateurs, voyant ce geste, pâlirent.

Des années plus tard – le temps nécessaire pour digérer les événements de l'histoire et les comprendre à leur juste valeur – on citerait ce discours spontané en exemple.

—Françaises et Français, de métropole, des DOM-TOM et d'ailleurs, je vous salue humblement, vous, le socle authentique de notre nation. Je m'adresse à vous ce soir car je vous dois des comptes. En exerçant la charge que vous m'avez confiée par votre suffrage, j'ai commis des erreurs et pire, trahi la confiance que les plus fragiles d'entre vous avaient mise en moi il y a presque sept ans. J'ai par exemple fait des promesses électorales que je savais déjà, au moment de les formuler, ne pouvoir tenir. J'ai ensuite louvoyé quand il fallait trancher par des décisions courageuses. De tout cela j'ai conscience. Aussi, je comparais devant vous non pour m'amender, le mal est fait, mais pour vous exprimer mes sincères regrets avec la conscience amère de mes fautes. Tant de pouvoir concentré en un seul homme, ce n'est peut-être pas bon. Ainsi aurai-je peut-être démontré par mes impéries que la Vᵉ République a vécu. À mes successeurs d'en juger. Mes collaborateurs m'ont souvent mis en garde, me demandant d'infléchir mes positions ; eux non plus, je ne les ai pas écoutés et j'endosse seul la responsabilité de mes actes. Un fameux personnage m'a dit une fois, il y a longtemps déjà : « Votre pensée politique sera toujours assujettie à votre ambition. Quel dommage, vous auriez pu gouverner là où vous ne ferez que régner ! » Ce grand homme était dans le vrai, sauf que mon ambition s'arrête là où le cancer commence, celui-là même qui aura bientôt raison de moi. Ces derniers jours qui me restent, je ne les emploierai pas à gouverner : je me retire et laisse à d'autres le soin d'essayer de présider aux destinées d'un peuple aussi indiscipliné que des poèmes surréalistes. Je dis cela avec une tendresse infinie, n'en doutez pas… pour une fois. Mes consignes seront les suivantes : oubliez les partis, choisissez les idées. Et je conclurai ainsi : quelles que soient les hauteurs où il sera porté, par sa propre volonté ou celle des autres, un homme restera un homme. Vous ne le ferez jamais tomber de plus haut que de sa seule hauteur d'homme. Je vous remercie de m'avoir écouté. Vive la République et vive la France !

Victor Villerand évita le ridicule d'une sortie mélodramatique, ne prononça pas un pathétique « au revoir », ni ne se leva devant les téléspectateurs. Il attendit de se trouver hors antenne pour le faire, entouré d'un silence monacal. Conseillers, ministres, amis, « espions » des partis adverses, tous se turent sur son passage. Ce qui venait de se produire relevait d'une grandeur qui se passait de commentaires et retentirait loin dans l'histoire. Le président Villerand pouvait aller mourir dans une paix relative.

Chapitre 15 – *Toujours prêt*

Semblable en tout point à son frère jumeau Nestor, Jules Trass avait cependant les traits marqués par son vice : le fanatisme, qui déplace bien mieux les montagnes que l'amour, quoi qu'on en dise ! On y lisait la crispation de la haine et de l'exaltation démentielle. Ses gestes comme ses paroles étaient soumis à un contrôle de soi obtenu par un ascétisme hors norme que lui auraient envié de nombreux saints du calendrier. Seul, il ne connut jamais l'amour terrestre : son unique passion c'était Dieu, qu'il n'aimait pas puisqu'il ne vivait que dans la crainte de son châtiment. Trass vivait isolé du monde, y évoluait comme un étranger : la terre incarnait un purgatoire qu'il traversait avec une contrition absolue.

Taciturne, quand les autres enfants ne s'occupent que de jouer ensemble, il entama à huit ans la lecture de la Bible, ce qui lui provoqua un choc disproportionné pour son âge. Il en retint que l'homme, sa vie durant, devait ici-bas faire la preuve qu'il était digne du Paradis. Dès lors, il fuit les plaisirs terrestres. L'enfant promettait un bien terrible destin, pourvu qu'on lui en offrît les moyens... ce qui advint en la personne d'Antoine Pradel.

À l'époque, Trass passait ses journées à prier dans la cathédrale Saint-Pierre de Beauvais, à deux pas de chez lui. À force, l'évêque le remarqua, l'apprivoisa, l'initia et, pour finir, le soumit à sa volonté. Il entretint un esprit malsain dans un corps rendu sain par les multiples activités physiques qu'il s'imposait. Une fois Pradel devenu cardinal, Trass accompagna son maître au Vatican en qualité de secrétaire particulier. À l'avènement du pape Innocent XIV, le camerlingue rencontra Jules, sur les conseils du cardinal Pradel vantant ses mérites. Il perçut immédiatement sa ferveur infaillible et surtout sans bornes. Il acheva de le conditionner et l'incorpora à la brigade, nouvellement ressuscitée. À présent entièrement dévoué à sa mission, convaincu qu'elle était inspirée par Dieu, Jules n'en dévierait pas avant son terme.

Trass incarnait une parfaite machine de guerre. Il avait par ailleurs le don singulier d'imiter parfaitement toute écriture manuscrite.

Maintenant qu'il n'était plus sous la protection du Saint-Siège, Trass devait agir vite et disparaître. On le traquerait. Si le Vatican ne pouvait le dénoncer publiquement, au risque d'invalider la thèse du cardinal Pradel et d'avouer au monde toutes les ramifications de l'affaire, il en savait trop pour rester en vie. Or, Trass menait une mission sacrée, convaincu d'être le seul à pouvoir la mener à son terme. C'est en méditant tout cela qu'il se souvint d'une lettre écrite autrefois à son frère, dans laquelle il avait imprudemment apposé la devise de la brigade. Que les enquêteurs viennent à la découvrir et c'en était fini de sa mission : il devait la récupérer.

Une nuit, Trass s'introduisit chez son frère, le sortit de son sommeil et l'immobilisa avec une violence incompréhensible pour ce dernier :

— Jules, ne me fais pas de mal ! supplia Nestor lamentablement, subjugué par son jumeau qu'il avait toujours craint.

— Nestor, tu as bien fauté !

— Qu'est-ce que j'ai fait ?

— Tu t'es laissé duper par le Malin : tu as commercé avec !

— Qu'est-ce que tu racontes ? Je n'ai jamais parlé de toi : j'ai fait comme tu me l'avais ordonné. Je te le jure !

— Alors ce serait beaucoup plus fâcheux... Nestor, où sont les lettres que je t'ai écrites ?

— Je les ai brûlées, comme tu as dit.

— Toutes ?

— Sauf une, parce que tu me parlais du salut de mon âme et

comment y arriver. Quand je m'égare dans le mauvais chemin, je la relis. Tu sais, je ne vais plus voir les femmes et je ne bois plus !

— Où est-elle ?

— Dans une boîte, sous le lit.

Trass se rua dans la chambre de Nestor, fouilla sous le sommier et extirpa une boîte métallique de gâteaux bretons légèrement rouillée. On eût dit un prédateur dépeçant sa proie. Jules Trass jetait frénétiquement des papiers à travers la pièce en les chiffonnant. Lorsqu'il atteignit le fond de la boîte, il retourna près de son frère, au bord d'exploser de rage :

— Elle n'est plus là !

— Enfin, Jules, elle doit forcément y être ! On a bien fracturé ma porte pour me voler un appareil photo et de l'argent, mais qui ça intéresserait, une lettre qui parle de moi, Jules ?

— Les auxiliaires du diable, Nestor ! Ton imprudence les sert au-delà de leurs espérances !

— Tu recommences comme avant, Jules ! Souviens-toi de ce que t'a dit autrefois ton psychiatre : tu ne dois pas céder aux mauvaises voix qui te parlent !

— Assez ! Cette créature malfaisante a tenté en vain de me dissimuler le chemin de Dieu en m'alléguant d'odieuses pensées ! Je vais bien mon frère, même très bien ! Je connais ma raison d'être sur Terre et toi, hélas, tu t'es fourvoyé dans l'errance pécheresse ! Laisse-moi te soulager…

Il saisit le cou de Nestor attaché qui, incrédule, mourut étranglé.

— Heureuse âme, te voilà près de ton Créateur, chuchota le fratricide.

En sortant, il lança un regard méprisant sur une photo de deux jeunes garçons à la plage, torse nu ; l'un souriant, l'autre grave. En arrière-plan, on distinguait une mer calme : lui et son frère en vacances.

Dehors, il pleuvait à torrents. Trempé jusqu'aux os sans en être incommodé, il s'approcha de sa voiture. En ouvrant la portière, trois hommes de la brigade, qu'il reconnut tout de suite, se précipitèrent. Ceux-ci ne pouvaient soupçonner que l'imposant crucifix pendant autour du cou de Trass dissimulait une dague empoisonnée. En un éclair, la lame brillant sous le réverbère leur trancha à tous trois la gorge. Ils s'effondrèrent dans des flaques de sang. Le tueur déposa avec une facilité déconcertante les corps dans son coffre et démarra. Plus tard, après les avoir lestées, il précipita les dépouilles dans une carrière inondée. Plus rien ne lui barrait la route : il rejoignit Fécamp pour achever sa tâche.

Chapitre 16 – *Le sang du Christ*

Fécamp est une ville littorale du Pays de Caux, en Haute-Normandie, pressée entre deux falaises de la côte d'Albâtre. À quelques kilomètres à l'ouest se dresse le morceau de bravoure de ce fragile rempart de craie blanche : Étretat et ses formes taillées par un sculpteur de génie, la nature. Mais Fécamp n'est pas Étretat : on n'y sent pas la villégiature comme chez sa voisine. Ici, pas question de cambrioleur bien éduqué ou de dames à l'ombrelle flânant sur la promenade du front de mer ; les visages et les mains sont marqués par le travail, quelquefois la peine. Jadis, on disait que les belles d'Étretat l'étaient parce qu'elles n'avaient rien d'autre à faire, tandis que les belles de Fécamp l'étaient malgré tout ce qu'elles avaient à faire. Là s'arrête une rivalité qui n'a pas lieu d'être et que l'auteur a peut-être exagérée.

En plus d'être le berceau de la délectable liqueur Bénédictine, Fécamp renferme en l'abbatiale de la Sainte-Trinité un trésor qui vient à présent occuper cette histoire : la relique du Précieux Sang.

Le sang du Christ a fait naître de nombreuses légendes parmi lesquelles la quête du Graal, aussi célèbre que les mythes grecs. Il en existe d'autres, moins spectaculaires que l'histoire des Chevaliers de la Table Ronde, mais tout aussi riches d'imagination et d'enseignement, comme celle-ci :

« Nicodème était pharisien, un juif pieux très respectueux de la Loi, et membre du Sanhédrin, la plus haute autorité juive pendant l'occupation romaine de la Judée. Impressionné par le message de Jésus, il devint un de ses fervents disciples. Après sa crucifixion, Joseph d'Arimathie, un autre disciple de Jésus, réclama son corps supplicié à Pilate pour le placer dans le tombeau qu'il s'était fait construire. Nicodème l'assista lors de l'inhumation. Joseph d'Arimathie, à l'aide d'un couteau, recueillit le Sang s'échappant des cinq plaies de Jésus : les poignets, les pieds et le flanc droit.

Plus tard, à l'invitation de son ami, Nicodème en préleva à son tour quelques gouttes qu'il enferma dans une boîte en plomb, rapportée secrètement chez lui. Car Joseph d'Arimathie s'était attiré la méfiance de son entourage, accusé d'adorer le diable, incarné par une coupe en terre cuite qu'il abritait chez lui, remplie d'un liquide sombre qui ne s'évaporait jamais. Les deux disciples avaient donc convenu de séparer le sang de Jésus afin d'augmenter les chances de le préserver de la destruction. Un serviteur de Joseph d'Arimathie le dénonça aux autorités religieuses qui vinrent un jour à sa demeure pour réclamer des explications et exiger de voir l'objet de son adoration. Mais l'homme avait disparu. Selon la légende du Graal, il voyagea jusqu'en Grande-Bretagne avec sa précieuse relique et demeura dans une île visible et accessible aux seuls êtres purs. Il y serait toujours, raconte-t-on.

Demeuré en Judée et sentant sa fin proche, Nicodème remit la boîte en plomb à Isaac, neveu de Joseph d'Arimathie. Celui-ci voua une grande dévotion à la sainte relique. Sa femme le surprit et en informa à son tour les responsables religieux. Isaac s'enfuit alors à Sidon, petite ville de la côte. Une nuit, un songe lui révéla l'imminente destruction du Temple de Jérusalem par les légions romaines. Craignant que la relique ne subisse un sort identique au sanctuaire, il dissimula la boîte dans le tronc d'un figuier qui se souda miraculeusement.

Un nouveau songe, cette fois-ci éveillé, lui révéla la fin du royaume de Judée qui ne ressurgirait de l'oubli que par la volonté du fils du Lion. Isaac vit alors les flots envahir la terre autour du figuier ; il tenta d'arracher le tronc, n'y parvint pas. Comprenant que telle était la volonté de Dieu, il laissa la mer immerger et emporter le figuier au large, qui acheva son périple dans la vallée à l'époque inhabitée de

Fécamp.

Un jour, les enfants de Bozon, un Romain converti au christianisme et évangélisateur envoyé par saint Denis dans cette région de la Gaule, suivirent un signe du ciel qui les conduisit à l'arbre échoué sur la plage. Émerveillés pour une raison qu'ils ne s'expliquaient pas, ils détachèrent de l'arbre une branche qu'ils rapportèrent à leur père. Bozon reconnut un figuier qui pourtant ne poussait pas dans cette partie du monde. Il demanda à sa progéniture de le lui montrer. Là, il essaya de le déraciner pour l'emporter chez lui ; ce fut impossible.

À l'hiver de sa vie, Bozon – ayant toujours dispensé le bien – mourut dans la félicité. Une nuit, semblant épuisé, un vieillard demanda le gîte et le couvert à sa veuve, qui le reçut suivant les lois de l'hospitalité. Hélas, elle n'avait plus assez de bois pour préparer un repas chaud. Il devrait se contenter de viande séchée et de quelques fruits. Par association d'idées et pour engager la conversation, la veuve de Bozon raconta à l'étranger l'histoire de ce tronc que nul n'était parvenu à déplacer, depuis des années qu'il reposait sur la plage. Sans être planté dans la terre, ses branches étaient toujours vertes au printemps. Tous ici le respectaient comme une émanation de Dieu. Le vieil homme proposa de s'y rendre le lendemain, accompagné des enfants de la veuve, devenus de solides gaillards.

Sur place, l'étranger arracha le tronc comme si ce fut une plume, le déposa sur un char à bœufs qui s'immobilisa en un endroit donné, devenu lourd comme les péchés du monde. L'étranger construisit un autel à cet emplacement et dit ceci : "Heureux les hommes qui croient en Notre Sauveur ! Ils seront reçus à Sa table !" Puis il disparut.

Longtemps après, on découvrit la relique dans son sanctuaire de bois, reconnue pour ce qu'elle était, le sang du Christ. On la disposa dans un des piliers de l'église nouvellement édifiée, près de l'autel du Saint-Sauveur. Après les invasions vikings, la trace du Précieux Sang se perdit. Ce n'est qu'en 1170 qu'on le retrouva, au cours de travaux dans l'église, où il est depuis lors conservé.

En 1906 naquit une confrérie, à qui incombait la protection de la relique.

Un Évangile apocryphe fut attribué à Nicodème, connu sous les noms d'*Évangile de Nicodème* et *Actes de Pilate*. Il aurait été en fait rédigé au IVe siècle de notre ère à partir de textes antérieurs. Mais il ne traite pas de ce que nous venons de conter. »

Telle était à peu près la légende comme on la racontait en pays de Caux.

Fécamp se réveillait à peine tandis que des cris déchirants de souffrance retentirent au fond d'une crypte, étouffés par l'épaisseur de la pierre. On y torturait un homme à la manière de celle préconisée par l'inquisiteur Bernard Lœillet à la fin du XVe siècle, dans son manuel : *Du bon usage de la persuasion.* L'homme en question s'appelait Antonin Castelain, oncle de la jeune Gisèle, assassinée par le même bourreau. Six mètres sous terre, Trass essayait d'extirper des aveux : où était la pièce Napoléon III ?

Grâce à la Bible de Gisèle Castelain dérobée par ses soins, Trass avait compris son erreur : la jeune fille était innocente, mais pas son oncle, qui la lui avait offerte en l'accompagnant d'une dédicace dans laquelle il avait recopié un verset de l'Évangile du Christ, sans vraiment réfléchir aux conséquences. Trass connaissait cet Évangile par cœur. Le mot d'Antonin Castelain à sa nièce ne lui avait donc pas échappé.

Lorsqu'il était encore aux ordres de sa hiérarchie, Trass rendait quotidiennement compte de ses découvertes et initiatives. Dès lors qu'il s'était émancipé, Trass avait choisi de récupérer seul la relique, pour être certain qu'elle serait bien détruite : il n'avait plus confiance qu'en lui-même. Malheur aux autres soldats de la brigade qui le croiseraient : ils subiraient le même châtiment que les trois premiers venus le surprendre. Rien n'échapperait à ce tueur solitaire aux aguets, pas même un geste de pitié.

Trass avait néanmoins compté sans la foi de Castelain en sa propre mission. Il ne parlerait pas, constata-t-il après l'avoir torturé pendant une heure, l'ensemble du corps de sa nouvelle victime recouvert de plaies, brûlures et hématomes. La petite ville côtière normande était une meule de foin pour les deux « aiguilles » que ce fou de Dieu recherchait. Sans la pièce, qui était la clé, et l'emplacement exact, la partie devenait impossible.

— Mon âme est préparée à aller là d'où la vôtre est bannie pour l'éternité. Déchirez, brûlez, frappez tant que vous voudrez mon enveloppe ; ne sortiront de mes lèvres que mes cris de douleur et mon dernier souffle !

— Je le sais comme je sais que votre confrérie est moribonde, Monsieur Castelain. Malgré vos précautions, l'heure de confondre l'hérésie est venue. C'est une question de temps. Le parchemin sera détruit comme il se doit et la gloire de notre Seigneur, dont vous avez usurpé la parole, sera incontestable !

— Jules Trass – j'en sais aussi beaucoup sur vous – vous êtes indigne de l'idée même de Dieu. Vous souillez, par vos agissements, sa parole sacrée ! Allez bourreau, soulage ta haine en meurtrissant mon corps, tu n'es bon qu'aux flammes de ta démence !

Cette sentence, prononcée auparavant par Marielle Letellier avant de mourir, affligea à ce point Trass d'une si terrible révélation sur lui-même qu'il frappa Antonin Castelain avec une violence démoniaque pour le faire taire à jamais. Des voix envahirent ensuite sa tête, qu'il frappa contre les murs pour leur imposer le silence. Il finit par s'assommer. Nul n'est plus désespéré qu'un homme abominable qui prend conscience de la monstruosité de sa nature profonde. À son réveil, pitoyable, il abandonna la dépouille déchiquetée d'Antonin Castelain dans la cave et sortit.

Dans le même temps, Sartet et les frères Radot entraient dans Fécamp, suivant la déduction de Théodore, qui avait inopinément appris un détail auquel nul ne prêta l'attention requise : la Bible de Gisèle Castelain, dérobée par Trass, était un cadeau de son oncle, sacristain de l'église Saint-Étienne de Fécamp. On contacta les parents de Gisèle, qui rapportèrent qu'à l'intérieur de la Bible, l'oncle avait écrit à sa nièce une jolie dédicace que la pauvre fille reproduisit plus tard sur une chasuble : « Il n'est pas ange si beau que l'homme. » Théodore était formel : la phrase brodée n'appartenait pas à la liturgie catholique ! Il fallait interroger sans tarder Antonin Castelain, en espérant que Trass ne l'ait pas déjà appréhendé. À la sacristie de l'église Saint-Étienne, une vieille femme les accueillit avec anxiété :

— Voilà depuis hier au soir que monsieur Castelain n'est pas rentré ; ça lui arrive souvent ces temps-ci. Il n'est plus le même. La mort horrible de sa pauvre nièce l'a déboussolé. Une si gentille petite, avec des mains en or : si vous aviez vu comme elle brodait ! Quelle pitié ! Je lui dirai que vous êtes passés, Messieurs.

Lorsqu'elle referma la porte, les trois hommes entrèrent dans l'église pour se protéger de la pluie devenue abondante. Quelques fidèles priaient. Ils marchèrent lentement, s'interrogeant sur la suite à donner aux événements.

Alexandre Radot feuilletait un dépliant de la mairie abandonné sur une chaise par un touriste. Oubliant la solennité des lieux, il poussa un cri vite réprimé en lisant ceci : « En plus de sa remarquable collection d'art sacré, le palais Bénédictine possède une collection d'émaux et d'ivoires ainsi qu'un cabinet de médailles. » Pour illustrer le propos, quelques œuvres et objets avaient été photographiés ; notamment une pièce à l'effigie de Napoléon III, nettement et profondément fendue en trois endroits de sa circonférence, avec la devise : « Au Christ seul je me dois. » En cuivre et de modeste taille, la pièce figurait un portrait de profil de l'empereur, la tête surmontée d'une couronne de laurier. Elle était datée de 1857 et signée : « Évariste Madeleine, graveur général des Monnaies ». Alexandre fit signe aux deux autres de le suivre dehors :

— Souvenez-vous de la lettre du duc de Morny. Elle était adressée à un certain Évariste M. Ici, nous avons Évariste Madeleine, graveur général des Monnaies. Faux ! Te rappelles-tu mon premier roman, *La comtesse de Brassevaudy* ?

— Tu me prends au dépourvu.

— Peu importe, frère indigne ! L'intrigue se déroulait justement sous le Second Empire. Dans un chapitre, j'y faisais brièvement intervenir le graveur général des Monnaies d'alors : Désiré-Albert Barre. Cette pièce est une contrefaçon : aucun Évariste Madeleine n'a eu cette charge à l'époque, je peux l'affirmer ! Regardez maintenant ces entailles : elles sont nettes et profondes : ce n'est pas de l'usure. Quant à la devise, elle est on ne peut plus explicite, non ? Nous avons là une clé qui ouvre quelque chose, Messieurs !

Ils coururent au palais Bénédictine.

Un problème de taille se posait : comment récupérer la pièce ? Sartet établit un plan. Pendant que les frères Radot discuteraient à voix haute et avec force gestes en contemplant la fresque néo-gothique du plafond, ils dissimuleraient Sartet à la caméra de surveillance. À l'aide d'un simple canif, il neutraliserait l'alarme sommaire de la vitrine et crochèterait la serrure en moins d'une minute.

Sur place, la chance était avec eux : pas un visiteur ne vint les perturber, ni de gardien. Ils sortirent tranquillement, après avoir dégusté un verre de Bénédictine.

— C'est à ça que servent mes impôts : entraîner des fonctionnaires d'État à commettre des larcins ? plaisanta Alexandre Radot à l'extérieur.

Ils retournèrent à l'église Saint-Étienne, fouillèrent les moindres recoins. L'opération dura plusieurs heures, sans résultat. Il vint soudain à Théodore une idée étincelante :

— S'ils avaient poussé le culot jusqu'à placer le parchemin dans l'abbatiale, où repose le Précieux Sang ? Imaginez : faire cohabiter deux reliques ; l'une officielle, l'autre secrète. La première protégerait la seconde par sa notoriété. Il n'est pas de meilleure cachette que la plus évidente ! Essayons, nous n'avons rien à perdre, proposa-t-il.

Vestige d'une abbaye détruite en 1789, aussi longue que Notre-Dame de Paris, l'abbatiale de la Sainte-Trinité étalait sa majesté gothique, augmentée d'ajouts successifs, dont une façade du XVIIIe siècle. Dedans se trouvait un ensemble de statues admirablement exécutées par de pieuses mains, parmi lesquelles une *Vierge à l'Enfant* au drapé délicat et à la douceur incontestable ; plus loin, fixé sur un mur, un relief écrasé représentait deux anges au visage évanescent qui tendaient le Saint Suaire ; dans un renfoncement du transept s'étalait une imposante *Dormition de la Vierge*, sculpture polychrome où les personnages semblaient s'extraire du mur avec un authentique souffle de vie. Enfin, une horloge astronomique à marées de 1667 signifiait à tous que la mer régnait sur les corps comme Dieu sur les âmes, à Fécamp.

Trass, encore à chercher une pièce sans se douter que le but ultime de sa quête était à côté de lui, priait dans une chapelle latérale de l'abbatiale, invisible à tous et non loin de Sartet et des deux frères Radot. Agacé par leurs allées et venues, il leva la tête et reconnut Théodore au moment où le conservateur étudiait un minuscule cercle creusé dans un recoin de la chapelle. À l'intérieur du cercle, trois petites pointes de fer étaient plantées, correspondant aux trois entailles de la pièce subtilisée au palais Bénédictine. Il fit un signe aux deux autres et ensemble ils fixèrent la pièce à l'emplacement découvert. Un cliquetis métallique résonna dans la tranquille abbatiale ; une pierre se déchaussa légèrement. Ils la retirèrent précautionneusement, exhumant d'un trou profond un récent coffret de bois, capitonné de tissu noir. Dedans reposait un rouleau à l'intérieur d'un cylindre de verre transparent, pareil à ceux qui abritent les reliques de saints dans nos sanctuaires.

Derrière une colonne, Trass se griffait jusqu'au sang les paumes des mains. Il reprendrait ce coffret et détruirait son contenu, dût-il aller en enfer pour cela.

Chapitre 17 – *Et s'élèvera la lumière de la raison*

Sartet et les deux frères rejoignirent le *Clos de l'aurore* en deux heures, déposant à l'arrivée le coffret sur la table de la salle à manger. Tous l'examinèrent, moins animés par l'excitation du trésor découvert qu'émus par sa nature même s'il s'avérait authentique. Dépouillé d'ornementation et de facture médiocre, il n'émanait de ce rectangle de bois rien de particulier. Précautionneusement retiré de sa gangue de verre et déroulé, le parchemin déploya quatre colonnes d'une écriture serrée, sur une longueur d'environ cinquante centimètres et une largeur de quinze. Théodore Radot identifia la langue : du grec ancien, qu'il lisait fort heureusement. Une chance : personne d'autre que lui ne le maîtrisait. Les uns et les autres se regardèrent avec émotion. Sur cette grande table, il y avait le possible Évangile du Christ adressé aux hommes.

À l'effervescence de la découverte succéda le pragmatisme : il fallait entreprendre l'étude du texte et surtout, lui faire passer l'implacable épreuve du carbone 14. Un minuscule échantillon de parchemin et d'encre fut recueilli, des matières organiques qui pouvaient être datées par ce procédé. La quantité de radiocarbone contenue dans ce prélèvement permettrait de le dater avec une faible marge d'erreur.

Alexandre, détenteur d'une importante collection de vieux manuscrits, s'était depuis longtemps installé un laboratoire dans la dépendance du *Clos de l'aurore* où, entre autres machines, il possédait un spectromètre de masse, nécessaire à la datation au carbone 14. Il emporta l'échantillon pour l'analyser. De son côté, son frère lut quelques lignes au hasard des colonnes pour évaluer la somme de travail qui l'attendait.

— J'aurai besoin de temps pour le traduire, mais il a été très bien conservé : l'ensemble est parfaitement lisible et rédigé dans une langue très pure, ce qui dénote une grande érudition de son auteur.

Il décida de ne pas attendre le résultat de l'analyse de l'échantillon, qui prendrait du temps. Le traducteur est confronté à une difficulté majeure lorsqu'il travaille sur un texte : il doit traduire et se garder d'interpréter.

Théodore mena donc une lutte épuisante pour rétablir le plus objectivement possible en français la parole christique, s'il s'agissait bien d'elle. Parfois, il s'arrêtait d'écrire, relisait la phrase et, tout incroyant qu'il se revendiquait, en admirait avec ferveur la charge symbolique. À mesure qu'il avançait, surgissait une parole qui aurait fait évoluer le monde plus vite vers de saines pensées ; des pensées défendues plus tard par tous les humanistes, depuis la Renaissance jusqu'à nos jours.

Au juste, que contenait ce singulier Évangile ? On pouvait s'attendre, étant donné son « auteur », à de grandes choses : contre toute attente, il ne révélait rien que de très humain, au sens le plus noble du terme. Les phrases coulaient comme des évidences, conservant ce réalisme qui fait toute la différence entre le philosophe sur sa montagne et celui qui se mêle au monde. Ces 396 phrases, divisées en douze parties inégales, recelaient des pensées nées de l'observation des hommes plutôt que des commandements sentencieux.

Théodore poursuivit son labeur avec l'humilité du témoin d'une histoire qui le dépassait, de laquelle il ne fallait rien retrancher sous peine de la corrompre. Soudain, étouffant ses certitudes d'athée, il s'interrogea sur la possibilité d'un après qu'il avait banni peut-être hâtivement, marqué par des deuils qu'il préférait mettre sur le compte du hasard plutôt que d'un Dieu qu'il n'aurait pas manqué de détester pour sa cruauté, s'il y avait cru alors. La traduction qu'il accomplissait n'était-elle pas en train de le convertir, se demanda-t-il, privé de son habituelle dérision pour ces choses.

Alexandre revint, désorienté. En tenant compte de tous les paramètres, tels les changements atmosphériques qui multipliaient les particules de carbone dans l'atmosphère et faussaient les calculs, le parchemin datait des environs du Ier siècle de notre ère. Il pouvait avoir été écrit de la main de Jésus. Adélaïde de Galénaïs, Carole-Anne de Saint-Gabriel, Mathilde et Théodore Radot, et Alain Sartet remercièrent Alexandre, aussi ébranlé qu'eux. La duchesse pleura :

— Merci, Monsieur Radot, de me confirmer que je n'ai jamais cru en vain. Loué soit le Seigneur !

Après cette poignante interruption, Théodore poursuivit son labeur, dont il vint à bout en quinze heures, son bureau couvert de dictionnaires, de papiers annotés et raturés. Il soumit ensuite son travail à un auditoire impatient.

De tout temps, on a écrit sur les trésors perdus de l'humanité, avérés ou imaginaires, religieux ou non. Quel château n'en a pas un, enfoui selon les légendes locales ? Le trésor caché excite les passions, car il est une invitation au voyage physique et temporel. Ce mot merveilleux libère les imaginaires qu'un morne quotidien asservit. Mais là, c'était bien plus qu'un trésor : c'était la voix du Christ.

La lecture terminée, les sept eurent de mélancoliques regrets : quelle aubaine alors pour l'humanité, si cet Évangile avait été diffusé à l'aube de la chrétienté ! Chacun médita le gâchis provoqué par des interprétations restrictives du message christique, à commencer par les quatre Évangiles reconnus par l'Église.

Qu'importait, finalement, si Jésus était d'essence divine ou non. Dans la petite assemblée, il y avait des chrétiens pratiquants, non pratiquants, un non croyant et un agnostique. Fils de Dieu ou simple mortel, cet être d'exception avait ce pouvoir de guider sagement une humanité en déroute depuis des siècles. Une phrase les éblouit singulièrement : « Apprenez que comprendre aide à croire. En votre âme apaisée par la connaissance, s'élèvera la lumière de la raison pour vaincre les ténèbres de la passion qui ne saurait être amour, car l'amour est un consentement, pas un renoncement. Dieu vous pénétrera alors de sa paix bienfaisante et vous l'aimerez en conscience, et les démons de la soumission n'auront plus prise. »

Tous étaient d'accord pour diffuser ce message sublime, définitivement convaincus qu'il n'en sortirait rien que des bénéfices pour l'humanité, malgré les réserves que chacun avait pu émettre avant d'en connaître le contenu. Hélas, de sombres volontés pensaient le contraire.

Chapitre 18 – *Disparition*

La duchesse s'immobilisa. Elle pouvait distinguer un fanfaron armé d'un tueur déterminé. Trass ne cria, ni ne menaça ; il porta seulement un doigt impérieux à sa bouche. La noble dame comprit, à moins d'une aide providentielle, qu'elle mourrait si elle contrevenait à cet ordre silencieux, mais aussi que ses compagnons périraient si elle ne faisait rien. En authentique aristocrate, elle se prépara à agir et à la mort, regrettant de s'en « aller » aussi mal habillée ! On ne lui tiendrait certes pas grief pour si peu, à moins que Christian Dior ait remplacé saint Pierre aux portes du Paradis !

Trass ne la quittait pas des yeux, épiant le moindre bruit au-dessus d'eux. Il lui suffisait de crier et alerter ainsi l'étage. L'intrus serait rapidement maîtrisé ou obligé de fuir. Adélaïde de Galénaïs, tandis que l'inconnu s'approchait de la grande table pour récupérer le parchemin, s'apprêtait à l'en empêcher lorsqu'advint la plus improbable des diversions : un chat du voisinage, entré par la fenêtre ouverte sans crier gare, se frotta à Trass qui baissa la tête. Quand il la releva, un vase s'abattit sur sa face rendue hideuse par la surprise. La duchesse hurla, à l'étage une porte se cogna violemment contre un mur, plusieurs pas résonnèrent dans les escaliers.

Trass maîtrisait parfaitement ses nerfs. Sa respiration traduisait un calme exemplaire. Au lieu d'abattre la duchesse, et perdre du temps, il prit le parchemin replacé dans son abri hermétique de verre. Son long manteau gris, ajouté à sa silhouette musculeuse et sèche, renforçait l'impression spectrale qu'il dégageait ordinairement. « Un exécuteur apocalyptique », avait-il autrefois répondu à Gisèle Castelain, qui lui demandait, terrorisée et en pleurs, qui il était. Trass brisa la fenêtre du salon en tirant dessus et s'enfuit jusqu'à l'extrémité du parc, devenant rapidement invisible dans la nuit, le parchemin enfin en sa possession. Sartet le poursuivit alors qu'il était déjà en train de descendre l'escalier de la plage. Un bruit de moteur retentit. Avec son Beretta dont il ne se séparait jamais, Sartet tira à l'aveuglette en direction de la mer. Fataliste, il crut avoir raté sa cible, mais l'arrêt du moteur, après des toussotements significatifs, le contredit : il avait visé juste. Une forme indistincte plongea dans les eaux glaciales et rallia la bande rocheuse de la pointe du Grouin. Là, elle grimpa avec une agilité déconcertante sur les rochers pour disparaître. De retour au salon, essoufflé, Sartet réclama :

— Un bateau ! Il est coincé sur le rocher !

— Suivez-moi ! commanda Théodore.

Il entraîna Sartet dans un souterrain qui déboucha sur une grotte à moitié immergée par les eaux, dans laquelle, amarré à un ponton de fer, attendait un hors-bord bimoteur très puissant. Les deux poursuivants s'y précipitèrent et, après une dizaine de mètres sous la roche, atteignirent la mer en direction de la bande rocheuse au large. Ils amarrèrent leur embarcation au rocher menaçant et, après que Sartet eut rechargé son arme, commencèrent leur ascension. Radot suivit Sartet, armé d'un harpon pneumatique et de flèches pris dans la cabine, et dont se servait Mathilde pour la chasse sous-marine. Prudents, les deux assaillants progressèrent lentement. Au sommet, sur un plateau clairsemé d'une maigre végétation écrasée par les vents, ils aperçurent Trass, dissimulé derrière un imposant rocher, son fusil d'assaut à la main. Il tira, ce qui les fit reculer.

— Votre avis ?

— Donnez-moi le harpon.

Radot lui tendit l'arme. Sartet pointa un rocher à sa gauche, appuya sur la gâchette. L'impact de la flèche contre la pierre provoqua un bruit métallique, accentué par le vent. Trass se leva pour tirer en rafale dans cette direction. Sartet, qui n'avait pas bougé de sa retraite, le blessa à l'épaule gauche. Il tira une seconde fois, dans le bas du ventre, l'obligeant à lâcher son arme. La cible s'affaissa. Aussitôt, ils coururent vers lui. Mais Trass avait de la ressource et s'enfuit à nouveau. Arrivé à l'extrémité opposée du récif, il se retourna, le regard défiant, souriant comme il avait souri à la jeune bibliothécaire. Les deux autres ne purent réprimer un frisson. Il parla :

— « Hommes de peu de foi », dit notre Sauveur, dont vous insultez la gloire par un mensonge ! Croyez-vous que je craigne la mort ? Pour prix du salut de ma très sainte Église, j'offre ma vie avec reconnaissance et soumission. Contemplez et méditez !

En continuant de les regarder, il s'inclina en arrière et sombra dans le vide, avant de se briser sur une pointe en contrebas. Les vagues, furieuses à cet endroit, l'engloutirent et ne recrachèrent ni l'homme ni le parchemin, dont la protection s'était brisée. Abasourdis par tant de fanatique détermination, Sartet et Radot se penchèrent et ne virent rien que les flots.

— Il est mort.

— Et le parchemin ?

— Dieu ne voulait tout simplement pas qu'on le lise, Alain… pas encore.

— Rentrons.

Sans un mot, ils rejoignirent leur embarcation. Au *Clos*, à défaut d'explications, ils se servirent un cognac et Théodore proposa :

— Si nous passions à table ? L'air marin m'a toujours donné faim.

Ainsi, comme dans les aventures d'un sympathique et fameux Gaulois, l'aventure se conclut par un repas.

On ne repêcha jamais le corps de Jules Trass.

Chapitre 19 – *Le duc d'Aumale*

Il y a des musées qui se soucient peu de l'ordonnancement chronologique et géographique des œuvres exposées auquel nous habituent des institutions telles que Le Louvre ou Orsay. Ces collections, édifiées par de riches particuliers amateurs d'art, tel le couple Jacquemart-André, sont disposées suivant le goût de leurs acquéreurs. Le musée Condé, regorgeant d'œuvres inestimables glanées par le plus riche Français de l'époque, le duc d'Aumale, était de ceux-là.

Héritier de la fortune considérable de son grand-oncle et parrain, Louis VI Henri de Bourbon-Condé – dernier prince de Condé –, le duc d'Aumale, en exil pendant vingt-trois ans après l'abdication et l'exil de son père le roi Louis-Philippe, se constitua une considérable collection d'œuvres d'art. De retour d'exil, il l'ordonnança dans son château de Chantilly telle qu'on peut encore la voir aujourd'hui. Sans descendance, il légua le domaine et tout ce qu'il contenait à l'Institut de France, à la condition de laisser les œuvres en l'état et de ne jamais les sortir.

Nombre de visiteurs sont déroutés de voir côte à côte des tableaux que parfois des siècles séparent, accolés les uns aux autres jusqu'à des hauteurs depuis lesquelles il est difficile d'en admirer les détails. Toutefois, l'atmosphère générale qui s'en dégage, tant dans le château que le parc, fait de Chantilly un lieu intime là où Versailles pèse de tout son gigantisme et de sa distante solennité.

Un matin, Victor Villerand rendit une visite de courtoisie à Théodore Radot, qu'il avait prévenu la veille de sa venue. En ce moment, ils contemplaient l'érotisme mélancolique d'une toile de

Botticelli.

— Moi aussi, j'aurais aimé posséder assez de fortune pour me fabriquer mon musée idéal. Quelle chance vous avez, Monsieur Radot : ici, tout n'est que « luxe, calme et volupté », dirait Baudelaire.

— Sauf quand les mauvais sujets du Vatican se mêlent d'y déposer des enfants assassinés et de me voler une toile enfin rentrée au bercail !

— Sombre histoire que tout ça. Au fait, comment se porte votre « pensionnaire » enlevé ? Un Clouet, c'est ça ?

— Il est ravi de retrouver sa famille et il reprend des couleurs. Encore tout retourné d'avoir été mêlé à une si ténébreuse affaire et sûrement triste que ses kidnappeurs soient à l'abri de la justice des hommes.

— Monsieur Radot, que croyez-vous qu'il se produirait si, par aventure, tout se savait ? Imaginez-vous un instant le pape Innocent XIV traduit devant un tribunal ? Non, évidemment.

— La politique est un arrangement permanent avec le diable, en somme.

— On peut voir les choses comme ça. Moi-même j'ai été dupé. J'ignorais l'ampleur de cette affaire. J'aurais dû me souvenir que Dieu et l'État n'ont jamais fait bon ménage !

— Une question, Monsieur le Président. Qu'advient-il du Pape, le principal responsable de ce carnage, finalement ?

— Innocent XIV est considérablement affaibli au Saint-Siège. Même si le scandale a été étouffé, nul ne le suit plus à présent et on ne le laisse diriger que la messe ! Son état de santé s'est détérioré ; il ne durera pas longtemps ici-bas. Le concile Vatican III aura bien lieu, mais pas dans les termes qu'il préconisait. La brigade a été démantelée et ses membres excommuniés. Quant au cardinal Leclairvaux, il a été démis de toutes ses fonctions et sommé de quitter le Saint-Siège dans un monastère retiré de la Vallée d'Aoste pour y achever ses jours en un long examen de conscience, m'a-t-on précisé. Ils sont en train de faire le ménage dans leurs rangs. Je ne vous cacherai pas leur grand soulagement de la disparition définitive du parchemin original de l'Évangile, dont je n'ai connu la véritable nature que fort tard en réalité et à laquelle je ne prête pas, tout chrétien que je suis, la même importance qu'eux. Je crois que l'Église a plutôt été la dupe d'une géniale mystification pendant des siècles. Ils ne se préoccupent pas des copies qui traînent çà et là : il leur sera maintenant facile de prouver que ce sont des faux ! Enfin, les familles de la jeune Gisèle et du petit Fernando ont reçu une somme considérable de la part du Saint-Siège.

— Et vous dans tout ça ?

— Moi ? J'ai été dupé pour la première fois de ma carrière : il faut bien un début à tout ! Juan-Batista Escurial, reconnaissons-lui cela, avait une force de persuasion inouïe ; d'autres s'y sont laissé prendre. À présent, j'expédie les affaires courantes pour mon successeur ; ensuite, je rejoindrai ma Touraine pour y mourir dans une paix relative. Lectures et promenades sur les bords de Loire seront mon lot quotidien, en attendant le baisser de rideau. Le parti s'est choisi un candidat, le meilleur pour perdre, à mon avis : Lionel Racard. Cependant, je viens de vous mentir un peu : je regrette la disparition de ce manuscrit, en fait, si vous ne m'avez pas menti sur son destin ?

— Oh que non ! Je l'ai vu s'abîmer avec Trass. Pourquoi la regrettez-vous ?

— S'il était vraiment ce que vous et vos amis avez prétendu, imaginez combien il aurait pu rassembler les peuples ! C'est le rêve d'un condamné que Dieu rappellera bientôt à lui et qui craint de ne pas en avoir assez fait dans ce sens. Cette petite angoisse existentielle terminée, pourrais-je avoir le privilège d'admirer un bijou de votre collection, dont vous n'exposez qu'une copie aux visiteurs, si je suis bien renseigné : les *Très Riches Heures du duc de Berry* ?

— D'accord, mais il vous faudra mettre des gants !

— J'ai une certaine expérience en la matière.

— Je n'en doute pas un instant. Suivez-moi…

Victor Villerand feuilleta précautionneusement l'ouvrage des frères de Limbourg, avec ses miniatures si délicates qu'on croyait à chaque instant qu'elles allaient s'animer.

— Il date du début du XVe siècle, n'est-ce pas ?

— Oui, entre 1413 et 1416.

— Nous avons là une œuvre collective qui tend vers un but noble ; ce que je n'ai pu accomplir. Il faut être artiste pour ça. Au lieu d'aller chercher la gloire politique, j'aurais dû écrire. Quelqu'un m'a dit un jour que les hommes politiques étaient des écrivains ratés : il avait raison… Si nous allions maintenant dans le parc, qu'en dites-vous ?

— Je vous suis. Mais j'escompte bien un pourboire à la fin de la visite !

— Il serait bien mérité !

En sortant, comme il y avait un léger crachin, la statue du connétable de France, Anne de Montmorency, reluisait. Ils descendirent l'escalier que la cour du jeune Louis XIV avait emprunté jadis lors de la réception donnée en son honneur en 1671.

Ils prirent à gauche, en direction de l'île d'Amour. Bordée de buis, de fontaines et entourée par les eaux du bassin, une allée d'herbe verte filait sous une gloriette de treillage de même couleur, où posait une nonchalante statue d'Éros. Radot et le Président poursuivirent leur promenade, suivis discrètement par une armée de gardes du corps. Au hameau, antérieur à celui de Versailles, ils prirent une collation. Puis ils rallièrent la maison de Sylvie, ainsi baptisée en hommage à une duchesse de Montmorency. Enfin, ils aboutirent au château d'Enghien et Théodore Radot fit les honneurs de son appartement de fonction au chef de l'État.

— Monsieur Radot, me conterez-vous un jour votre étrange aventure ? Vous êtes demeuré très laconique sur les faits, reconnaissez-le.

— Il y aurait matière à écrire un roman : hélas, c'est impossible, car de grandes figures de l'histoire contemporaine seraient mises en cause. Et en politique, on ne met en cause que les morts, n'est-ce pas ?

— Alors, on va bientôt beaucoup écrire sur moi !

— Oublions cette aventure : ce n'était qu'une chimère.

— L'avez-vous aimée, cette chimère ?

— Assez pour être rassasié jusqu'à la fin de mes jours ! L'aventure, ce n'est plus de mon âge !

— À propos, une petite question me taraude... Mon ancien ministre de l'Intérieur vous a filé un léger coup de main à vous et Sartet : je me trompe ?

— Si peu, Monsieur !

— Une coopération insignifiante, en somme ?

— Tellement, qu'il serait vain de s'y attarder !

— Radot, vous feriez un fin politique, répondit le Président avec un sourire entendu.

— Et vous, un excellent conservateur du patrimoine.

Ils évoquèrent encore divers sujets ; puis le chef de l'État dut rejoindre Paris.

Chapitre 20 – *Généalogie*

Adélaïde de Galénaïs, Artémisia, Carole-Anne, Mathilde, Alexandre et Alain Sartet écoutèrent, autour d'une table recouverte des restes éparpillés d'un bon repas, le récit de Théodore Radot :

« Un mois s'est écoulé depuis notre aventure ; aventure jalonnée de nombreuses ramifications et dont les origines remontent aux premiers temps du christianisme. J'ai donc essayé de réunir les morceaux de ce puzzle confus en un récit chronologique plus cohérent, pour produire devant vous une légende que je vous laisse seuls juges de croire vraie ou fausse.

L'Église reconnut quatre Évangiles canoniques, c'est-à-dire sacrés. Suivant leur ordre d'apparition dans le Nouveau Testament, ils furent rédigés par les apôtres Matthieu, Marc (en fait rédacteur du plus ancien Évangile), Luc et Jean. On considéra les autres écrits comme apocryphes. Certains de ces textes intéressèrent les sectes chrétiennes dissidentes qui foisonnaient et ne se reconnaissaient pas dans le dogme de l'Église naissante. Parmi elles, la très secrète communauté du Pêcheur, apparue au premier siècle de notre ère, prétendait détenir le seul écrit sacré du christianisme et rejetait les Évangiles canoniques. La communauté du Pêcheur attendait un signe de Dieu pour révéler la vraie parole qui devait régénérer la foi en la purifiant, affirmait-elle.

En 381, au deuxième concile œcuménique de l'Église, dit de Constantinople I, convoqué par l'empereur romain Théodose Ier, on proclama la condamnation pour hérésie des doctrines religieuses dissidentes. S'ensuivirent de nombreuses persécutions. La communauté du Pêcheur entra alors dans la clandestinité et son mystérieux texte fut mis à l'abri. En 1054 survint le Grand Schisme d'Orient, qui scella la séparation définitive entre les Églises byzantine d'Orient et latine d'Occident. C'est à cette époque qu'apparurent les premières rumeurs concernant l'existence d'une relique bénie entre toutes dans les murs de Constantinople. Beaucoup la recherchèrent activement, sans succès.

En 1187, accompagnant les armées de Saladin au siège de Saint-Jean-d'Acre contre les Croisés, le chroniqueur arabe Al-Kâtib raconta dans une chronique sa découverte d'une curieuse inscription gravée sur la paroi d'une grotte sous la cité portuaire conquise. En français moderne, cela signifiait : "Le lion enflamma le monde de la sainte Voix / L'ange abreuva les assoiffés de la voix de Dieu / Le taureau frappa la terre pour y planter la Foi / L'aigle répandit dans les airs le vent divin / Le Sauveur parla enfin à l'homme dans un torrent de Vérité." Vous le savez sûrement, les symboles des évangélistes sont : le lion pour Marc ; l'ange ou l'homme ailé pour Matthieu ; le taureau pour Luc ; l'aigle pour Jean. On leur adjoignait aussi les quatre éléments : le feu, l'eau, la terre et l'air. Mais que signifie : "Le Sauveur parla enfin à l'homme dans un torrent de Vérité" ? Ne serait-ce pas un indice de l'existence d'un cinquième Évangile, dont l'auteur serait précisément le "Sauveur", autrement dit le Christ ? Étrange inscription, en vérité je vous le dis ! Continuons…

En 1453, Constantinople était assiégée par le sultan turc Mehmet II. Une histoire fantaisiste rapporte qu'il aurait précisément décidé ce siège pour s'emparer de la relique dont il connaissait l'existence grâce à un certain Héphaïstos de Corinthe, traître à sa nation. Rien ne permet d'attester cette version. La vérité est plus à découvrir du côté de la politique expansionniste du souverain ottoman. Le 28 mai de la même année, un jour avant la chute de Constantinople, la princesse Sans Nom fut chargée par la communauté du Pêcheur, qui perdurait en secret, de transporter un parchemin en Occident, dans un lieu tenu secret où d'autres membres de la communauté le récupéreraient. Elle embarqua sur un navire pour Venise. Après moult péripéties, elle fut dénoncée, puis condamnée au bûcher pour hérésie majeure par les autorités vénitiennes, tandis que le parchemin, au préalable traduit sur demande du doge, disparut à nouveau, volé par le traducteur lui-même. La légende raconte qu'une fois consumée, la princesse se transforma en un diamant rose que son dénonciateur contrit recueillit avant de quitter la Sérénissime et devenir un homme pieux. Diamant qui serait le *Grand Condé*. Là, je doute sérieusement de la véracité des faits. Merci tout de même à Carole-Anne pour avoir exhumé ce conte merveilleux ! Le traducteur appartenait à la communauté du Pêcheur. Il avait été chargé d'accompagner secrètement la princesse Sans Nom, sans qu'elle le sût, dans son voyage depuis Constantinople, et parvint ainsi in extremis à sauver la relique qu'il transporta en France.

Aussitôt, des coursiers furent dépêchés à Rome pour informer le souverain pontife du danger et lui remettre la transcription italienne, volontairement fidèle à l'original pour signifier à l'Église que la parole du Christ démentait celle qu'elle répandait faussement depuis des siècles. C'était là une initiative personnelle du fugitif, que la communauté du Pêcheur ne dut pas apprécier à sa juste valeur : ses membres furent dès lors traqués avec acharnement. En effet, à sa lecture, le pape Nicolas V blêmit. Il envoya des émissaires dans toutes les cours d'Europe pour ordonner de pourchasser la relique et ses porteurs, sans en révéler exactement le contenu à ses homologues. Il adressa un message plus explicite au roi de France. Étrangement, l'Évangile ne fut pas mis à l'index : il ne devait tout simplement pas exister officiellement. Charles VII, trop occupé à mettre fin à l'occupation anglaise sur son territoire, ne prêta pas attention à la lettre du Pape. En juillet 1453, la guerre de Cent Ans s'achevait à Castillon, en Guyenne, par la victoire des Français. Plus préoccupé de renforcer l'unité du pays que de poursuivre une chimère papale, Charles VII lut et considéra la missive papale avec mépris. Ses rapports avec Rome étaient d'ailleurs exécrables. Des années plus tôt, en 1438, il avait pris le contrôle de l'Église de France par un acte officiel : la pragmatique sanction de Bourges, qui augmentait ses pouvoirs par rapport à ceux du pape. De là, des tensions entre le roi de France et Rome qui ne facilitaient pas les échanges de courtoisie !

En 1462, un an après la mort du souverain, Yvon de Caux, un de ses fidèles chevaliers, découvrit le message. Au contraire du roi défunt, il se passionna pour cette histoire, rêvant aux temps aventureux des Croisades d'où l'on avait rapporté nombre de reliques sacrées. Yvon décida de se lancer dans cette quête. À force de patience et d'investigations, il parvint à entrer en contact avec les protecteurs du parchemin. En 1465, il fit ses adieux à sa fille, Pénélope de Bois-Blanc, puis ne donna plus signe de vie. Celle-ci le mentionna brièvement dans ses *Histoires de la cour du roi Louis XI*, récit délicieusement érotique d'une femme libre avant l'heure !

Arrive le cardinal Odet de Coligny. Il est très vraisemblable qu'en 1548, au moment de l'exécution de son portrait par François Clouet, le prélat détenait le parchemin, comme le laisse fortement croire le terme hébreu écrit sur la toile du tableau, recouvert ensuite de peinture : *berith*, qui signifie l'alliance entre Dieu et les hommes. Dans la science occulte de la goétie, *berith* désigne aussi un démon capable de changer les métaux en or et lire l'avenir ; mais il est trompeur. L'allusion est claire : l'alliance sacrée aurait été rompue, les hommes d'Église propageant une parole mensongère, loin de la vérité christique contenue dans le parchemin. Le discours du cardinal Coligny étant devenu trop audacieux pour un homme d'Église, il embrassa alors la religion réformée pour détourner les soupçons sur celle-ci et ne pas trahir son appartenance à la communauté du Pêcheur. Lors des guerres de religion, il s'en fallut de peu qu'il mourût dans une embuscade tendue par les Guise. Dans ces temps troublés, il décida de mettre en sécurité le parchemin, le confia à un certain Marcel Mareuse qui s'évapora dans la nature. Coligny finit par se réfugier en Angleterre où il mourut en 1571, un an avant son frère cadet, l'amiral, victime de la Saint-Barthélemy. Une lettre anonyme et non datée, conservée à la bibliothèque laurentienne à Florence, lui est adressée en ces termes :

"Puissant seigneur,

Vous avez œuvré pour la gloire de notre Sauveur en protégeant si fidèlement sa parole. À notre tour, et suivant vos sages recommandations, nous gardons la sainte relique en certaine place cachée du monde. Nous vivons simplement, faisant métiers honnêtes, tenant familles pour ne point éveiller les soupçons jusqu'à la Révélation prochaine. Que notre Seigneur vous soutienne en votre exil !"

À partir de là, on perd de nouveau la trace du parchemin. Des copies plus ou moins fidèles à l'original circulèrent en Europe, que les papes successifs semblèrent ignorer, occupés qu'ils étaient à lutter contre le protestantisme par la Réforme catholique. La traduction détenue à la bibliothèque vaticane était remisée dans un rayonnage couvert de poussière. Ça, c'est ce que laissa croire l'Église. Incognito, elle ne cessa jamais de chercher le parchemin pour le détruire. Après son expérience malheureuse avec la religion réformée, qui gagnait des nations entières, l'Église préféra taire l'existence de l'Évangile qui l'aurait affaibli encore plus en donnant naissance à une autre religion dissidente.

Le XVIIᵉ siècle se passa sans événements notables pour ce qui nous occupe. L'année 1721 fit ressurgir le texte de l'oubli par l'entremise du plus improbable personnage : l'abbé Dubois, ministre du Régent Philippe d'Orléans, aussi peu préoccupé de Dieu que possible, ce qui ne l'empêcha pas d'être nommé cardinal à la fin de sa vie. Il entendit fortuitement parler du texte secret par l'entremise d'une de ses maîtresses, qui détenait une copie traduite en bon français. Sa lecture l'enthousiasma : Dubois ordonna aussitôt des recherches pour retrouver l'original, convaincu qu'il tenait là de quoi démystifier l'Église : nous étions au Siècle des Lumières ! Son décès en août 1723 mit fin aux recherches, que l'on considéra comme une simple lubie.

Appréhendant de plus en plus qu'on finisse par la découvrir, les protecteurs de la relique décidèrent de produire un faux et de le faire circuler, pour induire ses ennemis en erreur. Un habile contrefacteur hollandais, inconnu à ce jour, réalisa un fac-similé si parfait que tous s'y trompèrent, depuis la confrérie du Verbe incarné, plus tard, jusqu'à la brigade créée par Léon XII pour "anéantir ce fléau de Dieu", suivant sa formule. Ce faux échappa au contrôle de la communauté du Pêcheur et connut sa destinée propre.

En 1793, c'est ce dernier que Clémence de Maison-Rouge, future princesse de Montijo, déroba à Thénard, un révolutionnaire aussi bête que cruel : *"Je n'ai pas souvenance d'avoir jamais vu pareille sauvagerie, tapie dans l'enveloppe la plus rébarbative qui fût sur Terre. La Providence me soutint dans ma mission, car il était ignorant des affaires de l'esprit, ne sachant ni lire ni écrire. Ceci facilita ma peine pour lui acheter tel cahier de cuir dont il n'avait cure et parvenu entre ses mains hideuses par quelque crime, à n'en pas douter. En échange d'or sonnant et trébuchant, je sauvai la relique contenue à l'intérieur et promise à la destruction"*, écrit la princesse dans ses mémoires. La jeune marquise quitta précipitamment Paris pour rejoindre le prince de Montijo. Violées en chemin par des soldats ivres, ses suivantes furent massacrées et la relique faillit lui échapper. Le prince et ses compagnons de voyage, le cardinal Merisi et le duc de Lode, arrivèrent juste à temps pour la sauver et expédier ses agresseurs dans l'au-delà. Le prince l'épousa le soir même, avant que tous rejoignent Rome pour soumettre le précieux parchemin au pape Pie VII qui, épouvanté par sa découverte (étant informé de la traduction détenue au Vatican), fit sceller le document sans se résigner toutefois à le brûler. Les deux jeunes mariés, craignant pour leur sécurité après la réaction du Pape, fuirent en Amérique, en possession d'une copie de l'Évangile du Christ effectuée au préalable par leurs soins. Ils y donnèrent naissance à la confrérie du Verbe incarné.

Les armées de Napoléon occupèrent la ville éternelle en 1808 et se saisirent du faux parchemin parmi d'autres pièces de la bibliothèque vaticane. Talleyrand, dans un brouillon de ses souvenirs conservé à la Bibliothèque royale de Belgique, en fait mention : *"Une divertissante duperie littéraire m'amusa fort. Elle semblait si sincère et bien tournée, qu'authentique, elle eût changé la face du monde ! De retour de Vienne, désirant relire ce récit extraordinaire, il ne se trouvait plus dans mon bureau. On m'apprit dans le même temps qu'un de mes valets m'avait subtilisé des objets précieux. Probablement, le voleur dissimula-t-il le fruit de son larcin avec des papiers choisis au hasard et sans souci de ce qu'ils contenaient. Sa Majesté Louis XVIII m'accaparait trop alors ; j'oubliai de muer ma colère en actes pour retrouver le drôle. Je n'entendis plus parler de ce petit conte dont je gage qu'il était d'un de nos philosophes du siècle passé."*

Pie VII mourut en 1823, Léon XII lui succéda sur le trône de Pierre. Beaucoup plus obstiné que son prédécesseur, il conçut une brigade spéciale pour anéantir tout ce qui se rapportait à l'Évangile du Christ. C'est lui qui imagina la désormais inoubliable devise : *Semper fidelis/Semper paratus*, "Toujours fidèle/Toujours prêt." Chaque membre de la brigade devait, via la copie préservée au Vatican, l'apprendre par cœur pour en identifier le plus petit signe et l'éradiquer. Cela donna lieu à des massacres aveugles, la brigade agissant suivant la formule d'Arnaud Amaury, légat du pape, lors du sac de Béziers en 1209, à qui l'on demandait comment séparer les bons des mauvais chrétiens : "Tuez-les tous, Dieu reconnaîtra les siens".

Quant aux décès survenus dans ma famille, un destin farceur les a, seul, provoqués : je peux affirmer à présent de manière irréfutable qu'ils ne sont pas l'œuvre de la brigade. Celle-ci n'eut même pas à tuer Gaspard Radot : Archibald de Saint-Hiver s'en chargea pour venger sa femme. Et, à condition d'être superstitieux, les morts mystérieuses survenues dans la famille Radot sont-elles peut-être la conséquence d'une "authentique" malédiction ! Qui sait ? Plus sérieusement, mon cher frère, tu en es pour tes frais ! Et toi, Mathilde, tu sais à présent que ta pauvre maman est bien morte accidentellement par une accumulation de circonstances tragiques.

Par contre, mon ancêtre Gaspard Radot appartenait bien à la confrérie du Verbe incarné, dont on ne sait pas grand-chose sur le choix de ses membres, leurs rituels, etc. Tout cela s'est perdu dans les limbes de l'histoire, et la documentation dont j'ai disposé pour cet exposé chronologique reste très évasive à ce sujet. Je ne parle même pas de la communauté du Pêcheur, encore plus mystérieuse et dont nous ignorons à peu près tout. Gaspard hérita de la fausse relique remise par le valet de Talleyrand, dépêché par la confrérie au service de l'illustre diplomate avec mission de la reprendre. Hélas pour mon aïeul, son amour du Christ le disputait à celui des femmes ; il fut dupé par une aventurière : Winady Mildeer. Elle escamota le précieux texte parmi d'autres effets, ignorant sa valeur spirituelle. Gaspard retrouva la trace de Winady et la tua. Je postule qu'il s'agit d'un malheureux accident. Il faut bien que je défende l'honneur de mon aïeul !

En 1853, l'impératrice des Français, Eugénie de Montijo, exhuma par hasard dans les affaires personnelles de sa grand-tante Clémence une copie de l'Évangile parmi une liasse de papiers. Fervente catholique, elle s'en émut et la soumit à son époux, l'empereur Louis-Napoléon Bonaparte, qui la remit à son tour au pape Grégoire XVI, ce dernier ne faiblissant pas contre cette hérésie. Napoléon III, mis dans la confidence par le souverain pontife, seconda activement le Vatican dans sa croisade. Évariste Madeleine, soldat de la brigade au service du duc de Morny et passé entre-temps à "l'ennemi", s'empara de documents secrets du ministre destinés au Saint-Siège et dont on ne connaît pas le contenu à ce jour. Grâce à la lettre acquise par Alexandre, nous pouvons supposer qu'ils avaient une importance capitale. Madeleine disparut sans laisser de traces et le produit de son vol avec. Autre mystère : pourquoi son nom figure-t-il sur l'ingénieuse clé, étant entendu que celle-ci ouvrait sur un secret dont la confrérie n'avait pas connaissance et détenu seulement par la communauté du Pêcheur ? Je n'ai pas de réponse à proposer.

Dans le courant de l'année 1862, en pleine Guerre civile américaine, on n'entendit plus parler de la confrérie des deux côtés de l'Atlantique. Elle se serait dissoute pour échapper à la féroce répression du Vatican. Ne subsistèrent plus que les porteurs de la fausse relique, authentique pour eux je le rappelle. Selon quels critères se choisissaient-ils pour se transmettre cette charge ? Un autre point non élucidé ! Puis à partir de 1971, on ne sait à qui incomba la lourde et périlleuse charge.

Dans les années 1930, un certain Hans Sellmann, interné dans un asile psychiatrique pour le meurtre d'une famille entière, et reconnu irresponsable de ses actes, confia à son thérapeute des informations que celui-ci rapporta dans un essai clinique, analysant comme un délire les assertions de son patient. Ces informations révélèrent pour la première fois l'existence d'une brigade aux ordres du Vatican, chargée de trouver et détruire l'Évangile du Christ… mais cela dans l'essai d'un psychiatre exposant un cas clinique et dont il ne reste étrangement plus aucun exemplaire consultable !

Pendant la Seconde Guerre mondiale, la brigade fut par la force des choses contrainte de ralentir son activité, au grand dam de Pie XII, décidé à en finir avec ce "fléau" qui menaçait de saper les fondations mêmes de l'Église. Les nazis, pourtant avides de sciences occultes et de légendes, eurent vent de l'existence d'un Évangile du Christ qu'ils remisèrent au rayon des "propagandes juives à seule fin d'anéantir la civilisation chrétienne." Et ils s'y connaissaient en matière d'anéantissement ! À la Libération, le Pape remotiva la brigade avec ardeur, mais il mourut sans voir ses efforts récompensés, en 1958.

Son successeur, Jean XXIII, un réformateur plus préoccupé du dialogue œcuménique que de la chasse aux sorcières, mit un terme à cet acharnement pour un texte qu'il considérait comme une vulgaire supercherie. Dans le plus grand secret, pour ne pas entacher publiquement l'Église, il fit interdire la brigade et frapper ses membres d'excommunication s'ils persistaient dans leurs errements. À sa mort, en 1963, des volontés obscurantistes du Vatican la ressuscitèrent ; parmi elles, le cardinal Escurial, futur innocent XIV.

Il y a quelques années, le père Guillaume recueillit sous sa coupe une jeune femme espagnole perdue de sa paroisse. Le père Guillaume détenait une copie de l'Évangile et l'enseigna à Theresa Garcia. Celle-ci commit l'imprudence d'en réciter des passages en public comme on récite un poème. C'est ainsi que la brigade fut alertée. Quand le prêtre mourut, "la nuque brisée, des suites d'une chute dans son église", selon le rapport de police, Theresa quitta précipitamment le village d'Ardèche où elle vivait et s'installa dans l'Oise, donnant huit mois plus tard naissance à son fils Fernando, vraisemblablement celui du prêtre, ayant ainsi observé un précepte de l'Évangile du Christ, à savoir que "Dieu ne saurait exiger le sacrifice de l'amour terrestre au Sien".

Trass retrouva Theresa. Pourquoi martyrisa-t-il son enfant ? Il faut y voir là l'expression gratuite de son fanatisme, rien d'autre, car c'est de la mère qu'il entendait s'occuper. Elle lui "facilita" la tâche, expirant aux pieds du ministre de l'Intérieur d'alors, à l'annonce de l'effroyable nouvelle. Trass savait que le père Guillaume avait remis la copie de l'Évangile à sa bien-aimée. En dévastant l'appartement des Garcia, il la découvrit et la détruisit.

Le hasard voulut que ce pourvoyeur de malheurs eût un frère jumeau : Nestor qui, paix à son âme, ne sut jamais rien de son vivant des sombres activités de Jules, lequel mit fin à ses jours. Il se servit de cette ressemblance providentielle pour soustraire le portrait d'Odet de Coligny au musée Condé. Trass croyait que ce portrait cachait un indice là où il ne révélait qu'une allusion vague. Je le remercie toutefois de ne pas avoir déchaîné sa frustration sur la toile : on la retrouva en effet intacte dans un appartement qu'il occupait parfois.

Venons-en à Gisèle Castelain : brodeuse émérite, elle eut la naïveté mortelle de reproduire la phrase d'une dédicace de son oncle dans la Bible qu'il lui avait offerte. Elle la broda en effet sur une chasuble destinée à l'abbaye du village où elle passait ses vacances : "Il n'est pas ange si beau que l'homme." C'était un verset de l'Évangile. Lorsque l'abbé photographia la chasuble et diffusa le cliché, la réponse ne se fit pas attendre : Gisèle mourut des mains de Trass, ce fou de Dieu, qui tenait là une nouvelle piste. Piste qui le mena un peu plus tard à Fécamp où reposait le parchemin qu'il faillit découvrir avant nous, n'était le courage – je n'en doute pas un instant – d'Antonin Castelain, qui supporta les pires tortures en n'avouant rien à son bourreau. Le pauvre homme gisait dans un état indescriptible quand les enquêteurs le découvrirent dans une cave. Il appartenait vraisemblablement à la communauté du Pêcheur, qui n'a plus de raison d'être, à présent que la relique a disparu. La pauvre petite Castelain, par son geste innocent plein de conséquences, avait ainsi mis la brigade entière sur les traces du vrai parchemin, tandis qu'elle pistait jusqu'alors le faux. Le hasard ne fait donc pas toujours bien les choses.

Puis, nous sommes entrés en scène… La suite vous la connaissez. Pour une grande part de ce récit certes confus, je dois remercier Marielle Letellier, disparue tragiquement, dont la *Chronique de l'Évangile du Christ* m'est anonymement parvenue et que Trass n'est pas parvenu à anéantir. Ce précieux témoignage a heureusement survécu : il en va de la connaissance comme de la vie, elle trouve toujours le chemin de la liberté.

À présent, la question que vous attendez tous : le Christ a-t-il vraiment écrit cet Évangile ? Peut-être tout ceci est-il une gigantesque falsification. Certains prétendent bien que les Écritures en sont une. Pourtant, combien de femmes et d'hommes aident-elles à supporter leur existence ! Ce texte, indiscutablement contemporain de Jésus, comme l'a prouvé le test effectué par Alexandre, je l'ai traduit, je vous l'ai lu : quelle sagesse ! Hélas, le voilà dans les abîmes par la faute du fanatisme ! Quant au faux qui a trompé tant de monde et qui est une parfaite copie : nul ne sait où il se trouve aujourd'hui. Pour ma part, je laisse à d'autres le soin de le retrouver ou à lui de se dévoiler au monde le jour venu, comme dernier témoignage de ce qui a été un jour le Testament du Christ. Après tout, l'Évangile, tel un fameux anneau, a peut-être sa volonté propre ! »

— Il nous sera révélé le jour venu, quand nous serons assez matures pour le recevoir, j'en suis certaine. Que la grâce du Seigneur Jésus-Christ soit avec tous ! Amen.

— Duchesse, voilà bien la conclusion qu'il nous fallait ! Me feriez-vous l'honneur de votre main pour passer au salon ?

— Attention, Radot, c'est MA duchesse !

— Il vous sera rendu au centuple, Sartet !

Et tous de rire aux éclats en entrant dans la confortable pièce, où brûlait un feu de cheminée dont les flammes rappelaient mieux les ailes des anges peints de Florence que celles de l'enfer.

Chapitre 21 – *Saint-Matthieu-de-Fine-Terre*

Une vague plus forte que les autres heurta la falaise. Les deux promeneurs reculèrent instinctivement, quoique le danger fût à peu près nul à cette hauteur et si loin du bord. Ils craignaient peut-être que ressurgisse le spectre malfaisant de Jules Trass, rejoint depuis par celui, non moins malveillant, d'Innocent XIV. Au-dessus d'eux, les nuages noircissaient l'atmosphère tandis qu'il n'était pas encore midi. Marchant sur un sentier composé d'herbes séchées et de roches, Alain Sartet et Théodore Radot se retrouvaient, sept ans après les terribles événements dont ils avaient été acteurs et témoins. Sartet vivait à présent seul : la duchesse était morte ; Radot poursuivait son existence en Bretagne aux côtés d'Artémisia, après avoir quitté la direction du domaine de Chantilly. Il était désormais grand-père : passé ses expériences émotionnelles avec Carole-Anne, Mathilde avait épousé un ami d'enfance retrouvé, un garçon de la région. Ils avaient une petite fille de trois ans. Carole-Anne ne donnait plus de nouvelles. Le chagrin de la séparation, sans doute. C'était la vie !

— Je vous ai aperçu à la télé : aux obsèques de Villerand. Vous l'avez revu après sa visite à Chantilly ?

— Oui, une fois, à l'Élysée, juste avant la passation de pouvoir. Je venais y tenir une promesse : lui raconter la véritable histoire de l'Évangile du Christ et m'excuser de lui avoir à l'époque dissimulé l'existence de ma traduction. Il l'a lue, me l'a rendue en souriant avec bienveillance, sans me demander de comptes. Il n'en a jamais fait mention, comme je l'ai constaté dans son autobiographie parue après sa mort. Je crois qu'il nous enviait d'avoir vécu cette aventure. Nous avons ensuite parlé des heures, au point qu'on est venu le quérir pour qu'il remplisse ses dernières obligations. Je me souviens à ce propos d'une phrase : « L'imaginaire, voilà ce qui m'a manqué dans ma vie. Depuis mon enfance, faute d'amour maternel peut-être, j'ai fait des calculs politiques là où j'aurais dû faire des rêves. J'ai gouverné à défaut de créer. Je n'ai même pas été le personnage que j'aurais voulu écrire si j'avais été auteur. » Il s'est éteint quelques semaines plus tard chez lui, en Touraine. J'ai été convié par sa veuve à ses obsèques, à Saumur, où il repose désormais dans le caveau familial. Privilège qui m'a valu des jalousies qui ont achevé de me dégoûter de la nature humaine et m'ont motivé à me retirer au *Clos*.

— Il faut admettre qu'il avait le sens de la phrase historique.

— Drôle de type, en vérité.

— Qu'avez-vous fait de tous les documents, particulièrement de votre traduction de l'Évangile ?

— Ils sont encore chez moi. Je n'ai pas le cœur à les détruire et je ne sais à qui les donner. Pareil pour la pièce… enfin, la clé, je veux dire. Quand je pense que je suis un conservateur et que je garde chez moi un objet volé dans un musée, et par mes soins encore !

— Pourquoi pas à votre frère ?

— Il en ferait un roman : merci la discrétion ! Ce serait amusant, remarquez… Dites, et vous ? Vous n'avez jamais rien révélé publiquement, comme vous promettiez de le faire !

— J'ai fini par me rallier à la raison d'État pour ne pas provoquer un Watergate mystique ! Plus sérieusement, ma regrettée duchesse m'a convaincu que tout ceci était l'affaire de Dieu.

— Ce sont des forces qui nous dépassent en effet… Vous n'avez pas faim, Sartet ?

— Maintenant que vous le dites !

— Je connais un merveilleux restaurant à Saint-Malo : *l'Atelier*. Ils apprêtent les noix de Saint-Jacques comme nulle part ailleurs !

— Je vous suis.

Les deux hommes s'en furent, laissant là le passé avec ses bons et ses mauvais fantômes.

Au même moment, plus à l'ouest, sur la plus haute pointe du Finistère, un gardien de phare à la retraite regardait la mer tranquille, les ruines de l'abbaye Saint-Matthieu-de-Fine-Terre à sa droite. Il était accompagné de sa petite-fille de dix ans qui serrait sa grande main « pour ne pas s'envoler avec les mouettes », disait-elle, gardant ainsi toujours la main de son grand-père dans la sienne quand ils se baladaient ensemble. Ses parents ayant disparu au cours d'une sortie en mer, il était sa seule famille.

— Mélanie, je vais te raconter une très belle histoire, proposa le vieil homme. Il y a fort longtemps, des marins accostèrent ici même. Ils venaient du Caire, en Égypte, et transportaient un cercueil en bois de cèdre qu'ils déposèrent dans une grotte secrète des environs. Ils y construisirent au-dessus une abbaye, celle dont tu vois aujourd'hui les ruines. Beaucoup plus tard, des hommes s'emparèrent du cercueil pour l'emporter en Italie. Les moines eurent juste le temps de cacher la tête du mort dans un endroit tenu secret, car elle portait en elle un grand trésor. Personne n'en entendit plus parler pendant des siècles. À la Révolution française, on détruisit l'abbaye et il n'en resta plus que ce que tu vois. En 1941, les Allemands, qui occupaient cette partie de la France, ordonnèrent des fouilles dans les ruines de l'abbaye et les environs pour retrouver la tête du saint censée contenir la carte d'un trésor fabuleux qui leur ferait gagner la guerre. Jamais ils ne la découvrirent. Les habitants riaient même que la plus grande armée de l'époque puisse croire à des légendes d'enfants. Maintenant, je vais te dire à qui appartenait cette tête : c'était celle de saint Matthieu, un des quatre évangélistes, comme tu l'as étudié au catéchisme. On l'assassina pendant qu'il célébrait la messe en Éthiopie, un pays d'Afrique. Ses disciples l'enterrèrent en Égypte et déposèrent dans sa bouche un parchemin, comme il le leur avait demandé avant de mourir. Un second, identique au premier, devait voyager de par le monde pour transmettre la vraie parole de Jésus. Il fit un long voyage et causa, malgré lui, beaucoup de malheurs, car beaucoup d'hommes voulaient le détruire. Finalement, il disparut il y a quelques années dans la mer.

— Et l'autre parchemin, celui de la tête ?

— J'y arrive, ma fille. Celui-là est toujours à sa place, près de là où je te parle. Un jour prochain nous irons le voir tous deux. Mais il ne faut en parler à personne, Mélanie : ce serait très grave ! Promis ?

— Promis, papi Marcel. Ça devra toujours rester un secret, même quand j'aurai grandi ?

— Je ne peux pas te le dire. Lui seul le sait, dit l'aïeul à sa petite-fille en levant les yeux au Ciel.

Ils rentrèrent. Et, alors que Mélanie ramassait les premières fleurs de printemps, Marcel Martin sourit en regardant le phare, sous lequel était creusée une profonde cavité connue de bien peu d'hommes et de femmes. Il venait de préparer l'enfant, comme son fils autrefois, avant sa mort, à la mission sacrée de protéger la tête de saint Matthieu, ainsi qu'il incombait à sa famille et d'autres depuis des siècles, en leur qualité de fidèles de la communauté du Pêcheur.

Ainsi, à l'intérieur d'une modeste chapelle, à l'abri des folies du monde, dans la bouche du saint reposait le parchemin de l'Évangile du Christ, pour moitié écrit de sa main, la suite dictée à Matthieu, qui reçut pour mission de le transmettre aux hommes, aidé des autres apôtres. Matthieu, par précaution, en fit une copie, celle qui devait finir sa course en mer, entre les griffes de Trass.

Le texte originel attendait donc son heure dans la bouche de l'apôtre qui avait désobéi à Jésus et s'était repenti juste avant de mourir, recevant soudain la révélation que l'homme atteindrait la plénitude et que tout serait un jour réparé. Mortellement blessé, il rassembla ses dernières forces et commanda à ses compagnons de conserver dans sa bouche le premier parchemin et faire voyager le second pour en dispenser le message sacré. Ainsi naquit la communauté du Pêcheur qui connut les péripéties que l'on sait à présent. Pourquoi dans la bouche ? Matthieu entendait ainsi être la voix du Christ pour l'éternité. Une voix qu'il avait jadis dissimulée au monde, comme l'avait prédit Jésus.

Chapitre 22 – *Prologue*

À Gethsémani, portant une tunique élimée, un homme à la limite de la maigreur agitait des braises avec une longue branche de bois, produisant un halo d'étincelles au-dessus de sa tête. Le froid se faisait plus durement sentir depuis le coucher du soleil. Alors qu'il avait beaucoup devisé le jour avec ses disciples, pris avec eux ce qu'il annonça comme son dernier repas et prédit sa mort prochaine, la nuit le plongea dans une méditation silencieuse. Il regarda le firmament étoilé, les yeux soudain pleins de larmes. Trois de ses disciples, qui l'avaient accompagné dans ce jardin d'oliviers, voulurent l'interroger sur son état. Levant une main sage et autoritaire, il commanda :

— Dormez. Vos forces vous seront nécessaires quand tout sera accompli.

À ces mots, ils s'endormirent spontanément. Et Jésus pria seul. Soudain, deux silhouettes éblouissantes apparues comme en un songe, lui tendirent un calice dans lequel il but, acceptant ainsi son destin. Il réveilla ensuite ses compagnons :

— Mes fidèles disciples, il me reste peu de temps, écoutez. Je vois que vous répandrez mon message tel que vous l'aurez compris et non tel qu'exactement il est. Par avance, vous êtes pardonnés. Ma parole véridique sera ainsi longtemps cachée, jusqu'au jour béni où elle ressurgira dans toute sa vérité, instruisant toutes les âmes. Quand viendra l'heure, les luttes s'achèveront dans la parfaite et entière communion. Ma parole est écrite, et rien de ce qui est écrit ne peut être effacé du monde. Voici venir les soldats : je dois rencontrer mon destin.

Pierre, Jacques le Mineur et Jean se levèrent précipitamment. Un individu, déjà marqué au visage par la lâcheté de son crime, s'approcha de Jésus pour l'embrasser. Aussitôt, les gardes de Caïphe, Grand Prêtre du Sanhédrin, se saisirent de lui. Pierre sortit instinctivement son glaive et trancha l'oreille de l'un d'eux. Jésus l'empêcha de poursuivre : « Tous ceux qui prennent le glaive périront par le glaive » proclama-t-il.

Puis il alla vers son supplice et, au septième jour, l'Histoire commença…

FIN

À propos de l'auteur

Comme lire était le meilleur moyen que j'avais découvert pour « partir » loin d'une réalité peu exaltante dans son ensemble, j'ai tenté l'expérience de l'écriture, espérant que ce serait encore mieux. Si ça n'a pas été le cas, je dois toutefois reconnaître que raconter a des vertus exaltantes, et l'idée d'être lu, encore plus. Aussi, je pratique l'écriture sans chercher un style « immortel », mais avec un souci narratif toujours présent à l'esprit.

J'écris ainsi depuis plusieurs années des articles (essentiellement politiques ou littéraires) ; des récits de fiction, dont deux publiés : *Les chroniques du Chat* (roman d'anticipation) et *Expositions* (roman érotique) ; de la poésie et du théâtre.

Enfin, ce qui pourrait caractériser mon écriture, ce serait son ancrage dans l'identité européenne, de par son histoire d'une part, et sa culture, d'autre part. Quel que soit le sujet abordé, il est pour moi essentiel et rassurant qu'il s'y trouve ces repères.

C. Demassieux

Retrouvez tous les titres et l'actualité des Éditions HJ :

Sur notre site Internet :

http://www.editionshelenejacob.com

Sur Facebook :

https://www.facebook.com/EditionsHJ

Sur Twitter :

https://twitter.com/EditionsHJ

Table des matières